集英社オレンジ文庫

あやしバイオリン工房へようこそ

奥乃桜子

本書は書き下ろしです。

CONTENTS

Welcome to
Ayashi Violin Atelier

第一楽章
5

第二楽章
127

第三楽章
193

coda
277

第一楽章

一

ああ、やっちゃったなあ。

富沢恵理《とみざわえり》はぐったりと夜行バスの席を立って、降車の列に加わった。淀《よど》んだ空気の中、みな疲れた顔をしている。きっと自分も同じような顔をしているのだろうと思った。窓からはいやに眩《まぶ》しい日が差しこんでいる。いつのまにか朝になったらしい。恵理は眠い目をこすった。

バスの中ではすこしも眠れなかった。勢いに任《まか》せて知らない街に来るなんて、やり過ぎだったのかもしれない。いくら落ちこんでいたとはいえ。

後悔で胸をいっぱいにして、バスのタラップに足をかけた。一段降りたところで後ろの人に急《せ》かされて、思いきり踏み外す。うわ、と声が出たものの、小走りするように道路に降りて、なんとか体勢だけは立て直した。ほんとについてないな。ついため息が漏《も》れる。

気を取り直して顔を上げると、急に街の明るさが目に入って、一瞬なにも見えなかった。でも目が慣れた瞬間、思わず息を呑んだ。視界いっぱいに、青く輝く光のトンネルが飛びこんできたのだ。

「うわ……」

よく見ればそれは、広々とした通りにどこまでも続くケヤキの並木だった。細く引きしまった枝が力強く天を目指して広がり、幾千幾万もの緑の新芽が、輝かんばかりに揺れている。通りに沿って並ぶガラス張りのビルと相まって、瑞々《みずみず》しく、力強い。

「ここが仙台《せんだい》……」

一瞬、疲れも後悔も、みな飛んでいくような気がした。

意外だった。恵理はこの街が、こんな力強いとは思ってもみなかった。もっと小さな街だと侮《あなど》っていた。傷心の自分を包みこんでくれる、北の静かな都市だと勝手に想像していたのだ。でも違う。むしろその青々しさも、輝くビルの町並みも、立ち止まるなと煽《あお》っているようだ。

立ち止まるな、か。それでいいのかもしれない。

ぺしゃんこになっていた心に、みるみる青葉のエネルギーが注ぎこまれていく。恵理はバッグを肩にかけ直し、よし、と気合いを入れて足を踏み出した。

でも勢いは長く続かなかった。せっかく吸いこんだ青葉のエネルギーも、すきま風の吹く穴だらけの恵理の心からは、あっという間に抜けていってしまう。

結局恵理は、数歩歩いただけで立ち止まってしまった。

傍《かたわ》らを五月の風が吹き抜けていく。相変わらずケヤキの青葉は眩しく揺れ、人も車も忙《せわ》しくゆきかっている。恵理だけがひとり、置いていかれるようだ。

当然だ。恵理は肩を落として、道路のアスファルトを見つめた。

私には行く場所なんて、どこにもない。ただ、仕事をクビになった事実から逃げてきただけなんだから。

それは突然のことだった。

昨夜の午後八時、ハッピームジーク上野《うえの》店。恵理は閉店直後に店長に呼び出され、クビを宣告された。

「え？　ちょっと待ってください。せめて理由を教えてください」

あまりに突然で、頭の中が真っ白になる。でも店長はそっけなく言うだけだった。

「理由なんて、自分が一番わかってるでしょ」

確かにわかっている。去っていく店長のうしろで、恵理はエプロンの裾《すそ》を握りしめ、震える唇を強く噛んだ。

私が楽器を、売れなかったからだ。

脳裏をよぎるのは、先日のとある一件だった。

その日恵理は、バイオリンを買いに来た女子大生を接客していた。

ハッピームジーク上野店は、バイオリンをはじめとしたアコースティックな弦楽器の専門店で、恵理は長らくバイオリン販売員として働いていた。

弦楽器専門店と一口に言っても、いくつか種類がある。職人が自《みず》らバイオリンを作り販売する、小さな工房。古くていい楽器だけを集め、販売する高級店。安価な量産楽器や、ブランド価値のあるイタリア製楽器などの売れ筋を仕入れている販売店。チェーンの楽器店であるハッピームジークは三番目のタイプの店で、来店者にはバイオリンを始めたばかりの初心者も多い。女子大生も、そんな客の一人だった。

「大学でバイオリンを始めて一年経《た》って、ようやくバイトでお金を貯められたので。それで今日初めて楽器店にやってきたんです」

嬉しそうに話した彼女に、恵理は彼女の予算内で、性能もそう悪くないバイオリンをいくつか紹介した。

しかし結局女子大生が目を留《と》めたのは、恵理の選んだものではなく、目立つところに飾ってあった特価品だった。ハッピームジークで取り扱っている低価格帯のバイオリンシリーズ、グレゴリアスの一本で、弓、ケースとの三点セットで四十万の大特価。普通はあと十数万出さなければ買えない品だから、彼女も心動かされたのだろう。試奏し、眺め、もう少しで買うと言いだしそうだった。

でも結局、彼女は買わなかった。惠理が、やんわりとお勧《すす》めしないと言ったのだ。

「バイオリンは、これから音楽をともにする大事な相棒ですから、よく悩んで決めるといいですよ。いろいろ弾《ひ》き比べてみるとか。今は安くてもいい楽器がたくさんありますから」

女子大生は、惠理の話をなるほどと聞いた。そして「もうすこしいろいろ見てみます」と笑顔で礼を言って帰っていった。

よかった。女子大生を見送った惠理は、ほっと息をついた。買うな、なんて店員の風上にも置けない言動なのはわかっている。それでもこの楽器だけは、売るわけにはいかないと思っていたのだ。

特価品のグレゴリアスは、それほど出来が悪すぎた。

手工芸品の代名詞のようなバイオリンも、楽器店で五十万円を下回るような低価格帯のものは工業品と変わらない。流れ作業で坦々《たんたん》と、延々と同じ規格のものが作られている。このグレゴリアスも、そうやって作られた一本だ。

しかしそれでも楽器だから、どうしても個性は出る。このバイオリンは、残念ながら同規格の兄弟の中でも突出して完成度が低く、惠理のような楽器販売員でなくとも、ある程度の耳と経験があればすぐに気づくレベルだった。当然まったく売れる気配はない。特価品になったのだってそのせいだったし、まだ音の良し悪しを判断できない初心者が、まかり間違って買う以外にはありえないと、誰もがわかっていた。

だから女子大生が帰ったあと、店長はねちねちと惠理に文句を言った。

「なんでお前は、嘘でもいいから『早く買わないとなくなっちゃいますよ』って煽れないのかなあ」

女子大生はいいカモだった。楽器の価値が判断できず、値段だけで興味を持った。惠理が言いくるめさえすれば、財布を開いたに違いない。

でも惠理は、店長の言うとおりになんてとてもできないと思った。惠理にも信念があったのだ。なけなしのバイト代で初めての楽器を選ぼうとしていた女子大生を、騙《だま》すようなまねはできなかった。

しかし当然のことながら、そんな惠理の信念を店長や社長が受け入れるわけもなく、彼らに寝言ばかりを言う社員を飼う義理もない。そして惠理が楽器を売れなかったのも、この一度や二度ではなかった。

それでとうとう「明日から来なくていいよ」の一言で、惠理は賑《にぎ》やかな夜の上野に一人放り出されたのだった。

このままどこかへ行ってしまおう。恵理は急かされるように、一人暮らしの自宅に戻る急行のホームではなく、高速バス乗り場へと向かった。とにかく逃げ出したかった。後悔も不安もある。でも今はなにも考えたくない。どこか遠くに行きたかった。

高速バス乗り場には数台のバスが停まっている。恵理は行き先へ目を走らせる。遠くへ、遠くへ――。

仙台。

一台のバスの側面に表示された、二文字が目に留まった。

杜《もり》の都、仙台。恵理が今までなにに挫折《ざせつ》し、なにと決別しようとしているのかなんて、誰も知らない場所。

「これだ……」

息を切らして乗りこむと、運転手は困った顔をした。困りますよお客さん、あらかじめチケットを買ってくれないと。でも恵理が「お願いします、どうしても乗りたいんです」と必死に頼みこむと、発車間際《まぎわ》だったからだろうか、運転手は今回だけと言って現金払いで乗せてくれた。

ほっとして車内に入った。日曜夜だからか、車内は思った以上に混んでいる。かろうじて並びで空《あ》いている席を見つけて座ると、途端にドアが閉まり、バスはゆっくりと滑りだした。

色鮮やかな上野の夜景をちらりと見やり、恵理はカーテンを閉めた。息を吐いて背をシートに預ければ、急に涙があふれてくる。

自分がわがままだったのはよくわかっている。クビになるのが当然なことも。

でも恵理にとっては、バイオリンはただの商品ではない。相棒だった。一緒にひとつの音楽を作っていく、唯一無二《ゆいいつむに》の相棒だった。

それだけは、絶対に譲ってはいけないところだったのだ。バイオリンにそんな愛情を抱けることが、恵理に残った最後の矜持《きょうじ》だったから。

照明の落とされたバスの中、恵理は必死に嗚咽《おえつ》を押し殺した。


いつの間にか、仙台駅の駅ビルの向こうから太陽が顔を出していた。これから出勤なのだろうか、すれ違う人々も増えている。ときどき、相変わらず立ち止まっている恵理を、ちらりと見やって通り過ぎる。恵理は邪魔にならないように端に避けると、「どうしようかな」と独り言をつぶやいた。

今の恵理には行く場所も、帰る場所もない。でも現実問題として、ここにいつまでも立ちつくしているわけにもいかない。

「街を歩いてみようかな……」

せっかく初めて来た街だ。気分を入れ替えるためにも、このまま数日、滞在してもいいかもしれない。

そう思ったら気持ちが楽になって、恵理は早速ホテルを探しにかかった。検索すると宿はすぐ見つかった。駅からすぐのビジネスホテルに、思いきって連泊をとる。この街にいるあいだは、全部忘れて楽しもう。

ホテルの温泉ですっきりしてから、ぶらぶらと街を歩いた。さすが杜の都、駅前の目抜き通りである青葉通り《あおばどお》り以外も、少し大きな道には街路樹が生《お》い茂り、次第に強くなる日の光を遮《さえぎ》ってくれる。広々とした歩道、落ち着いた店構え。それなりの都会だけれど、どこか品のよい空気を纏《まと》っている気もする。

そういえば、この町は『楽都《がくと》』とも呼ばれるんだったな。ふとそんなことを思い出した。揺れるケヤキ並木の下に、音楽があふれる様子が脳裏にありありと浮かぶ。楽都というのは、きっと本当なんだろう……。とそこまで考えて、恵理は無理やり頭を切り替えた。

やめやめ。もっと別の、楽しいことを考えなきゃ。

バイオリンと生きようともがき続けた自分は、できる限り早く捨て去ろう。そう恵理は決めていた。ひとつも関係ない場所で生きていくのだ。今度こそ。

バイオリンと生きていく。

それが、子供のころの夢だった。しがないバイオリン販売員として生きるという意味ではない。バイオリンを弾いて生きていきたかった。

小学一年生で初めて町のバイオリン教室に足を踏み入れたときから、恵理はずっとその夢を追いかけてきた。中学ごろまでは、叶《かな》うと無邪気に信じていた。

本気で信じていたのだ。信じていたから、バイオリンどころか楽器のひとつも持ったことのない両親の心配を尻目に、毎日毎日練習した。楽しかった。誰と比較するわけでもなく、自分の中で完結した努力は楽しくて、どんなことも苦にならなかった。夢が近づいているという実感があった。

そんな幸せな少女時代の頂点が、小学五年生の時だった。生まれ育った市で行われたバイオリンコンクールで、恵理はなんと入賞したのだ。そしてその副賞に、オーケストラと共演する機会を得た。県立のプロオーケストラを従え、バイオリンの王、ストラディヴァリウスを貸してもらうという、バイオリニストを目指す者なら誰しもが目を輝かせるような機会だった。

恵理は今でも覚えている。舞台に当たるライトがとても眩しかったこと、オーケストラの大人たちに見つめられ、嬉し恥ずかしかったこと。ソリストなんだから前に立て、とあまりに舞台の際に押し出されるから、弾いているうちに舞台から落ちてしまうんじゃないかと気が気でなかったこと。

　なによりも、貸してもらったバイオリンの、それはそれは美しい音色。

　正直、惠理の演奏はたいしたことはなかった。けれど楽器が――ストラディヴァリウスが本当にすばらしかったのは、昨日《きのう》のことのように思い出せる。

　すばらしかったのだ。

　ストラディヴァリウス、通称ストラド。一七世紀から一八世紀にイタリアはクレモナで、名工アントニオ・ストラディヴァリによって作られたバイオリン。どんな楽器よりも美しい音と見た目を持つとされ、誰もが愛する伝説の楽器。

　惠理が借り受けたストラド、通称『ヨハン』は、その大仰《おおぎょう》な形容にまったく引けをとらない、華やかな音を持った楽器だった。もっともそのころの惠理は、ストラディヴァリウスという有名な楽器があることすら知らなくて、借り受けた楽器のことも、ただの『ヨハン』としてしか認識していなかったが。

　それでも本番の一週間前に初めて楽器を貸してもらったあの日、惠理は一度弓を滑らせるだけで、その楽器の価値を悟った。

木でできたバイオリンをきちんと鳴らす——つまり共鳴させるには、それなりの技術がいる。しかしかの楽器は、そんな技術なんてたいしてない惠理にも、触るだけで応《こた》えてくれた。それどころか、つねに半歩先に立って惠理を導いてくれるようだった。小さな音は絹肌のように、激しい音は鋭く、しかし音割れすることはなく。音符が急に跳躍しようとも、指が目指す音程を見失う不安はなかった。ストラドは惠理を正しい場所へ導いてくれた。魔法のように。

夢のような時間だった。低音は甘くて深く、高音は柔らかいのに輝かしい。自分とバイオリンの境目が溶けて、全部が音になるような、音楽そのものになれるような、そんな心地さえした。

しかしそんな美しい思い出も、今はただただ惠理を苦しめるものでしかない。

このストラドとの幸運な出会いのあと、バイオリニストとして惠理が輝く機会は、二度とやってこなかった。自分の才能に何度も裏切られ、次第に現実を悟っていったのだ。入賞したコンクールが、若い少年少女に機会を与えるという名目で行われていた、楽器の腕を度外視したものだったと知ったのはいつだっただろうか。今ではあの日は、輝かしい思い出でもなんでもなく、つらく苦しい挫折の象徴となってしまっている。

そう、惠理の夢は破れたのだ。

中学に入り恵理は、自分の演奏技術が独りよがりで特に優れてはいないと知った。恵理が自分勝手に弾いて楽しんでいた同じそのとき、難曲といわれる協奏曲を堂々と弾きこなしている同年代がいたのだと初めて知った。そんな彼らが天才でもなんでもなく、楽器を弾いて生きていくための最低限の技量を持っているに過ぎないということも。

恵理には才能も資金も経験もなにもかもが足りない。そう気づいたときにはもう、すべてが遅かった。

あれだけ抱いていた好きという感情はすりきれ、塵《ちり》になっていった。次々と高みに登っていく少年少女の背を見送るだけの日々。もう砂粒ほどしか残っていない希望を、土足で踏み砕かれる日々。恵理の音楽は、誰にも、なんにも与えられないのだと突きつけられているようだった。バイオリンなんて見たくもない、聞きたくもない。そう泣いた日が何度もあった。疲れはて、バイオリンとは二度と交わらない人生を歩もうと一度は決めて、音楽なんて露《つゆ》も関係ない大学に進学した。

なのに恵理は、気づいたら楽器店へと就職していた。結局のところ、夢を諦《あきら》められなかったのだ。バイオリニストにならなくても、バイオリンに関《かか》わる道はある。そんなふうに思ってしまった。

きっとそれが間違いだった。

つらくて長い就職活動の末、惠理は総合楽器販売チェーンのハッピームジークになんとか滑りこんだ。嬉しかった。自分がバイオリンを弾くことでは、人になにも与えられない。でもまだ、人とバイオリンの出会いを仲立ちすることならできると思えた。

でも、そんな思いはすぐに現実に押しつぶされることになった。一代で成り上がったハッピームジーク社長は、そしてその下にいる多くの社員は、楽器をあくまで商材としか見ていなかった。

バイオリンは高価な嗜好品《しこうひん》だ。一番安いものだって十万はくだらないし、真面目《まじめ》に買おうとすれば百万は簡単に越える一世一代の買い物である。なのに個性も性能も千差万別で、自分のための一本を選ぶのには大きな勇気がいる。惠理はそんな決断に挑む人々を、できる限り応援したかった。

しかし、ハッピームジークではそんなことを言っていられなかった。あまりに厳しい販売ノルマ、売れればよいという社風、ろくに手を入れられずに売られていく量産楽器。心が折れそうだった。

それでも五年間、社長や店長と衝突しながらも、惠理はなんとか会社のために仕事をしてきた。ときには泣く泣く、ときには心を鬼にして売った楽器もある。馬鹿みたいだった。バイオリンを愛しているからこそ就《つ》いた仕事なのに、これでは不幸を振りまいているだけではないか。

たぶん、もう、潮時だったのだろう。

だからこれでいい。これでよかった。クビになったのはいい機会だった。

いつまでも、バイオリンとの——破れた夢との絆《きずな》を繋《つな》いでいる自分が惨《みじ》めだった。もう解放されたかった。


平日というのに、仙台中心部のアーケード街は人がごった返していた。スピーカから流れる地元企業の宣伝歌、やたらと多いドラッグストアの競《せ》るようなかけ声。道行く学生の、楽しそうな話し声。

耳から耳へ流しているうちに、いつしか惠理はアーケードの終わりにたどり着いていた。人はまばらで、小さく安堵《あんど》の息すらついてしまう。喧噪《けんそう》の中にいると、自分がひとりぼっちなことを街中に突きつけられているようで、少々きつかったのだ。

再び青空の下へ出ると、雑居ビルが立ち並ぶ細い道が続いていた。両側にはやはりよく手入れされた街路樹が緑の風に揺れている。ゆっくりと街路樹の影を踏み進んでいる時だった。

かすかに聞こえた風の音に、惠理の足は止まった。いや違う。もっと色のある音だ。

　恵理は小動物のように身体を硬くし、耳にすべての神経を集中させた。また音がする。空気を引き裂くような、それでいて包みこむような。今度は確信した。これはバイオリンの音だ。しかも相当の。

　どこから聞こえるんだろう？

　自然とそう考えている自分に気づいて、恵理は恥ずかしくなった。バイオリンとは決別する。そう決意した矢先だっていうのに。けれど気持ちは抑えられなかった。引き寄せられるように歩を進めれば、音色は手に取るように耳に届くようになる。甘くて、艶《つや》やかで。それでいて小気味よく枯れている。やっぱりすごく、いい音だ。

　きょろきょろしていると、通りの向かいに建つ、蔦《つた》に覆《おお》われたレンガ造りの二階建てに目が留まった。大きな出窓に白いドアが眩しい。音は、この建物から聞こえているようだ。出窓の上には、アイアン細工の洒落《しゃれ》た看板が下がっており、店の名前が書いてある。

『あやしバイオリン工房』。

　あやし？　どういう意味だろう、と恵理は首をかしげた。『怪《あや》し』とか『妖《あや》し』ではさすがにないとは思うが……。一瞬躊躇《ちゅうちょ》するものの、結局恵理は、出窓からそっと中を覗《のぞ》いてしまった。

『あやしバイオリン工房』なるものは、一応、きちんとしたバイオリン工房のようだ。出窓の前には白木のままのバイオリンや、削りかけのバイオリンの先端──渦巻きが飾ってある。少しほっとして、さらに覗きこんだ。

　暗くてよく見えないものの、出窓のそばに置かれた戸棚のさらに向こう、奥まったところのソファセットあたりから、確かに音が聞こえている。曲を弾いているわけではない。心の思うままに奏《かな》でているようだ。激しい分散和音から一転、華やかに高音が響き、静かな熱情を秘めた低音が揺れる。

　恵理はたちまち聴き惚《ほ》れてしまった。時折通りすがりの人におかしな目で見られるのも気にならない。こんな音、そうそう聴けるものではない、そんな音色だった。

　しかし、だ。中の暗さに目が慣れてきて、恵理はぎょっとした。どんなに目をこらしても、音が聞こえてくるソファセットの周囲に人の姿が見えないのだ。見えるのはローテーブルの上、蓋《ふた》の開いたバイオリンケースに置かれたバイオリン一本。それだけだ。人の影はない。どう考えてもそのバイオリンのあたりから、音は聞こえているのに。スピーカが音源かと一瞬思ったが、音を聴くにどう考えても、間違いなく生の音だ。

　ということは。

『あやし』という単語がひやりと恵理の脳裏をよぎる。

　まさか、あの楽器が、ひとりでに……。

いやいや、さすがにそれはないだろう。慌《あわ》てて考えを振り払った。いくらなんでも想像がたくましすぎる。きっと奏者は、惠理の死角にいるのだ。そう、そのはず。

そんなうちにも音色は続いていく。長調のスケールが駆け上がり、ゆらぐように短調へ。フォルテ、ピアノ。鋭いスタッカート、空気に溶けていくような長音。甘い重音のハーモニー。

純粋な好奇心と少しの恐怖、それから苦しい嫉妬《しっと》が、惠理の胸にないまぜになってわき上がった。いてもたってもいられない。白いドアにかかる『ＯＰＥＮ』の札。惠理はそれをしばらく睨《にら》み、自分にありとあらゆる言い訳をしたあとに、意を決してドアノブを握った。

唐突に音はやんだ。ドアを開けた途端に、ドアに下がったウィンドチャイムが複雑な和音を鳴らしたからだろうか。しまったと思ったが、今さら引き返せない。惠理はそっと中を窺《うかが》った。本当に『あやし』が『怪し』だったときのために、足は外に残したまま。

明かりもついていない店内は、外から見て思っていたよりも広々としていた。

入ってすぐの正面には、大きな机の置かれた工房スペース。部品のついていない、裸のバイオリンやビオラが壁にずらりと下げられ、その下にはバイオリン作りや調整に必要な道具が整然と並んでいる。バイオリンの命、表板や裏板を削りだす大小のカンナ。横板にカーブをつけるための曲げ器や木枠。ニス塗りに使うのだろう刷毛《はけ》、バイオリンを接着するときに使うクランプ……。

右を見れば出窓前の台上に、工房主の作だろうか、いくつかバイオリンが並んでいた。その向こうには古めかしいアンティークの戸棚が鎮座《ちんざ》し、さらにその先に、問題のソファとテーブルのスペースがあるようだ。

恵理はそこに、今度は人影を認めた。後ろ姿しか見えないが、ソファの背にぐったりと身体を預けて座っている。

なんだ……。

小さく息をついて、今度こそ足を踏み入れた。さっきのバイオリンは、この彼が弾いていたのだ。やはり死角にいたらしい。そうだよね。バイオリンが勝手に音を出すわけないし。

思えば衝動的に店へ入ってしまった。いい音でした、それだけ伝えて帰ろう。相変わらずテーブル上に置かれたバイオリンをちらと見やり、恵理は勇気を振り絞って口を開いた。

「あの、すみません、ちょっと通りがかった者なんですが。その、さっき……」

けれど決意は尻すぼみに萎《しぼ》んだ。男は、恵理の声が聞こえているような気配を見せたのに、まったく振り向こうとしない。無視されているのだ。

「あの、もしもし?」

やはり返事はなし。それどころか、男は盛大にため息を吐く。

「なに鍵《かぎ》開けっ放しにしてるんだ、大地《だいち》の奴」

独り言みたいに言った。もちろん恵理の方など見ない。

なんなのだろう。恵理はむっとした。察するに、この男は店主ではなくただの店番かなにかのようだが、それにしてもこんな態度ってあるだろうか。今、店の者は出かけております、少しお待ちいただけますか、くらい言えないのだろうか。さっき感じた感動にけちがついたような気がした。せっかく、いい音を聴けたと思ったのに。

よし、やっぱり帰ろう。こんな態度をとられるようなこと、したつもりはない。

「あの、私別にもういいので、失礼しますね。とてもいい音がするな、と思って入ってみて、それであなたが弾いてらっしゃったのかなと思って、声をかけてみただけです。本当にそれだけなので」

そう告げて、男に背を向けた。

「……あなた?」

戸惑いの声とともに、男が初めて振り返った気配がした。「おい、待て。あんたまさか……」

が、恵理は振り返るつもりなんてさらさらない。

そもそも、だ。だんだん自分に腹が立ってくる。

なんで私、バイオリン工房になんて入っちゃったんだろう。馬鹿みたい。バイオリンとはもう関わらない。そう決めた矢先に決心を破るから、こんな目に遭《あ》うんだ。

「待てと言ってるだろうが。おい！」

それでも恵理の背に声をかけてくる男は、なんだかすごくいい声で、まるでバイオリンみたいな声で、思わず振り向きそうになる。しかし恵理は口の端をぎゅっと引きしめ、ドアに向かって足を運んだ。

「突然来てすみませんでした。失礼しますね」

「待てって」

ドアに手をかける前に、男がドアとのあいだに入ってきた。いつの間に追いかけてきていたのだろう。さすがに恵理も顔を上げた。どいてください、と言うつもりだった。

でも恵理は、初めて正面から見た男の容姿に口ごもってしまった。

彫りの深い顔つきに、甘さの香る目元。襟《えり》つきの小洒落たベストに至るまで、雑誌の表紙でも飾っていそうで、しかも、どう見ても日本生まれではない外見だ。日本語があまりに完璧だったので全然気づかなかったが。

イタリア人だろうか。

そうだ。きっとそうだ。日本ではバイオリンは高く売れる。しかもイタリア製は、バイオリン業界ではブランド扱いだからなおさらだ。だから商機を求めたイタリア生まれの男が日本の楽器店にいるのは、たいして珍しいことではない。

そう自分に言い聞かせ、恵理は動揺を追い払った。

「あの、どいてください。私、失礼するので」

しかし男はどくどころか、ドアを死守する勢いで「嫌だ」と言った。

「そう言われて素直にどく奴がいるか」

「え、そんな、でも」

「だいたいあんた」と男は眉ひとつ動かさず続ける。「さっきから俺を無視するしな」

恵理は唖然としてしまった。

「なに言ってるんです。むしろ無視されたのは私の方で」

「俺は無視したわけじゃない。あんたに俺は見えてないと思っただけだ」

見えてない？　恵理の眉間《みけん》に皺《しわ》が寄る。透明人間にでもなりきっていたのだろうか？

「えっと、意味がわかりません」

「だろうな」

「だろうなって」

「俺にはたぶんうまく説明できない。だから大地が来るまで待ってくれ」

「そんなこと言われたって……」

だめだ、相手にしていられない。

大地というのは留守中の店主だろうか。どちらにせよ男が二人になる前に、逃げた方がよさそうだ。近隣住民の助けを求めることも頭の隅に置きつつ、恵理はなんとか突破を試みた。

「とりあえず、どいて、ください！」

「だから待てって言ってるだろうが！」

埒《らち》が明かない。かといって押しやることもできず、口だけで押し問答を続けていたときだった。

ドアのウィンドチャイムが軽やかに鳴って、男——今度は黒髪黒目の、そのあたりにいそうな普通の男——が店に飛びこんできた。

「すみませんお客さま！　ちょっと席をはずしていて……って」

恵理より数歳上に見えるその男は、恵理とイタリア男を見つめて絶句する。

「えっと、弦城《げんじょう》。お前、なにやってるんだ」

「見ればわかるだろうが」

「見ればって」

大地と呼ばれた男は、惠理と男を何度も交互に見つめたあと、惠理に呆然《ぼうぜん》と尋《たず》ねた。

「……あなたまさか、こいつのことが見えるんですか？」

またも飛び出したわけのわからぬ発言に、惠理はぽかんと口を開けた。

二

頭が痛い。

『あやしバイオリン工房』のソファで男二人と相対《あいたい》しつつ、惠理《えり》はこめかみを押さえた。

こめかみを押さえているからといって、物理的に頭が痛いわけではない。二人が言いだしたのがあまりに想像を超えた話で、頭がパンクしかけているだけだ。

そんな惠理に、あとから来た方の男、彰志大地《あやしだいち》が困ったように名刺を差し出した。

「えっと、お名前は……」

「富沢《とみざわ》です」

「あ、すいません、富沢さん。あの今さらで申し訳ないんですが、俺の名刺です。お納めください。いや、名刺を見たからって信じてもらえるとは思っていないんですが、一応……」

　恵理はこめかみから手を離し、どうにか受け取った。

　彰志大地。あやしだいち。『あやしバイオリン工房』の店主、バイオリン職人。バイオリンの修理、調整、買い替えの際にはご用命ください。

「そっか、『あやし』って、お名前なんですね」

　あまりにもできすぎで、恵理は脱力しそうになった。

「ええ。怪《あや》しいって意味じゃありませんよ、決して、断じて」

　力説したあと、大地は取り繕《つくろ》うように笑った。

「あの、富沢さん。信じてもらえますかね」

　信じるもなにも。

　恵理は大地の隣でむっつりと黙っている、彫りの深い日本人離れした顔つきの男――弦《げん》城《じょう》というそうだ――を盗み見た。

「『そう』なんだから、『そう』と思うしかないかなって」

　先ほど、実際に見せられてしまったのだ。

『弦城は、人間じゃあないんです』

いきなり大地に打ち明けられたときは、いったいどんな顔をすればいいのかと思ったものの、その後すぐに惠理は、嫌というほどその言葉が真実と思い知った。

弦城は突然、惠理の目の前で一瞬にしてかき消えたのだ。惠理は自分の頭か目がおかしくなったのかと思いかけたが、どうやらそういうわけでもない。マジックでもなくて、本当に、完全に、彼は消えてしまった。呆然《ぼうぜん》としていたら、今度は瞬《まばた》きひとつしているあいだにまた現れる。元通りソファに座っている。びっくりするほど表情に乏《とぼ》しいが、でもわかる。死ぬほど機嫌が悪い。

それで悟った。確かに弦城は人間ではない。にわかには信じられない話だが。常識を信じて自分を疑うか、それとも自分を信じて常識をひっくり返すか。とりあえず今は、自分の方を信じることにしよう。惠理は腹をくくるしかなかった。

「なので私、彰志さんのお話、信じます」

「ほんとですか？　よかった、安心しました」大地はあからさまに安堵《あんど》した。

どうやらこちらは、至って普通の男のようだ。惠理も密《ひそ》かに胸を撫《な》で下ろした。

「さっきの見ちゃったら、信じないなんて無理ですから。それに納得もできましたし」

「納得？」

「はい。弦城さんは、私を無視してたわけじゃないんだって」

どうもこの弦城を見ることができる人間は、ほとんどいないらしい。だから弦城は、まさか惠理に自分が見えるとは思っていなかった。それで最初、惠理を無視していたのだ。

「ああ、そうですよね。ほんとすいません。おい弦城、お前も謝れよ」

弦城は、両目をつむったまま答えた。

「なんで俺が謝るんだ。謝るようなことはなにもしてない」

「なに言ってんだお前。あーもうほんとすいません。おい弦城、驚かせたのは事実なんだからちゃんと謝れ」

「そう言われてもな。俺だって死ぬほど驚いた。お互い様だろ」

「死ぬほどは言いすぎだろうが、さすがに」

どうやら弦城は、驚かされて少々気分を害しているらしい。こちらの方がよっぽど驚いたが。そう言いたい気持ちを、惠理は黙ってこらえる。

でもまあ、と大地は好奇心に満ちた目で惠理を見つめた。

「確かに俺も、この面倒くさい男が見える人に会えるなんてびっくりしました。ちょっと嬉しいです」

「そうですか?」

「そうですよ！　俺、俺ともう一人しかこいつが見える人間知らないですから。ようやくの貴重な仲間です。嬉しいなあ、三人目か。富沢さんもやっぱり、バイオリン好きです?」

「え、バイオリン、ですか?」

思ってもみなかったことを聞かれ、惠理はぎくりとした。

「……どうしてです」

「いえ、もしかしたら、と思っただけです」大地は軽い調子で返す。

「というのも、俺がそうだからなんですけど。俺、霊感なんてからっきしで、霊の存在とか正直信じてもいないんですけど、でもバイオリンは誰よりも好きで、誰よりも理解しようと努力してる自負があるんです。たぶん俺に弦城が見えるのは、そのせいだと思うんですよ」

「自負、ですか」

「いや、もちろん」と大地は頭に手をやって笑った。

「他にもバイオリンを愛してる人はいっぱいいますから、それだけじゃあないとは思いますけどね。でも一番大事なのはそこかなって考えていて。だから富沢さんもそうじゃないかなって」

惠理は言葉につまってしまった。バイオリンを誰よりも好きだという自負がある。そう言い切った大地が眩《まぶ》しい。恵理にはそんな自負があるだろうか。あるとしても、こうやって胸を張って言えるだろうか。

言えない。言えるわけがない。

「ごめんなさい。私楽器のこと、よく知らないんです」

「え、そうなんですか？　そっか、残念。バイオリン談義でもできればと思ったんですが。いえいえ、謝らないでください。じゃあ霊感的なやつだな。きっと富沢さん、強い霊感持ちなんですよ。それもすごいことです。なあ弦城。……おい、弦城」

弦城は答えなかった。ただ恵理をじっと、感情の窺《うかが》えない瞳で見つめている。

嘘を見透かされてしまうような気がして、恵理はとっさに話題を変えた。

「あ、あのすいません！　もし差し支えなかったら教えてほしいんですけど、弦城さんが見えるかどうかに、バイオリンが関係があるのはどうしてです？」

大地が答えた。

「ああ、すいません、説明してませんでした。実はですね、こいつ、バイオリンの精なんです」

「え？　バイオリンの精？」

覚悟していたにもかかわらず、喉《のど》から変な声が出た。

「そういう、ファンシー……じゃない、ファンタジーなかただったんですか」

幽霊やら生き霊《りょう》やらまでは想像していたが、そういうのは考えていなかった。元人間ですらないとは。

ファンシーと言った恵理に大笑いしてから、大地は続けた。

「確かにバイオリンの精なんてファンシーすぎですよねえ。まあ、面倒くさい付喪神《つくもがみ》だと思ってください。バイオリンの精神が化《ば》けて出てるっていうか、バイオリンの魂が幽体離脱してしゃべってるっていうか」

「はあ」

「信じられませんよね？　よし弦城、ちょっとやってみろよ、あれ」

戸惑《とまど》う恵理をよそに、大地は目の前のローテーブルに置かれたままのバイオリンを目で示した。あの、恵理がこの店を覗《のぞ》いたときに置いてあったものだ。人もいないのに、バイオリンの音だけが聞こえていたあのときに。

まさか。おそるおそる弦城を見やると、彼は片目だけで恵理を見て、小さく鼻を鳴らしてかき消えた。と思えば次の瞬間には、まるで金切り声のような、ガラスをナイフでひっかいたような、とにかく耳を覆《おお》いたくなるような騒音が件《くだん》のバイオリンから鳴り響いた。

「弦城！　いいかげんもうちょっとまともな音出せよ！」

大地は耳を押さえて怒鳴った。

「こいつひねくれてて、こんな音しか出さないんですよ。ほんとはいい音出るっていうのに。おい弦城！　もうやめろ！」

唐突にバイオリンは鳴りやんだ。同時に人の形《なり》をした弦城が再び現れ、なにごともなかったようにソファにもたれた。相変わらず黙りこくって、不機嫌そうに目をつむっている。

「なに怒ってんだ、お前」

大地は呆《あき》れたように弦城を見やり、手を耳から離した。返事はない。仕方なく大地は
「わかってもらえました？」と惠理に向かって苦笑した。

「はい」惠理は耳に残るキンキンとした音を振り払いつつうなずいた。わかった。よくわかった。

「確かに弦城さんは、バイオリンの、なんていうか、中身なんですね」

「そう、そうなんですよ。意味わかんないでしょう？　いや、俺もなんだそれって思いましたもん、最初」

でもまあ、と大地は、男の弦城に向けるよりは数段優しい眼差《まなざ》しを、弦城の本体であるバイオリンの『弦城』に向けた。

「まあ、モノに魂が宿るとしたら、バイオリンほど相応《ふさわ》しいものもないとは常々思ってた

ので、今ではわりと、納得しちゃってますけどね」

　相応しい、か。

　そうかもしれないと惠理は思った。バイオリンの精。確かにいるだろう。だって他でもないバイオリンだ。心のどこかで妙に納得してしまっている。

　そもそも楽器というものは、道具というよりは親友に近い。バイオリンをはじめとする弦楽器はなおさらだ。ひとつひとつに個性があり、奏者とどんなときも二人三脚で、自分たちの音楽を作りだしていく。ぶつかることもある。こちらに技術がなければまるで鳴らず、そっぽを向かれる。しかし逆に、かつての『ヨハン』のように、優しく手を差し伸べてくれるかのごとき瞬間もある。

　だから弦楽器奏者はみな、自分の楽器に特別な愛情を抱いている。弦城ほどのはっきりした意志はないとしても、楽器に他のモノとは違うなにかを感じている。そういうなにかがあってもおかしくはない――そんな気がするのだ。

　大地の、バイオリンの『弦城』に注ぐ視線は優しい。

　惠理も同じように『弦城』を見つめた。ケースに阻《はば》まれてよく見えないが、美しい、愛されてきた楽器の気がした。

「本体のほう、気になります?」待ってましたというように、大地が尋《たず》ねてきた。

「え？　いえその」

「いいですよ。見ますか？　どうぞどうぞ」なにも答えないうちに、大地は嬉々《きき》として立ち上がり、ケースを引き寄せた。あっという間にバイオリン職人の顔だ。

「こいつ、魂はまじいらつきますけど、本体はすごくいい楽器なんですよ。せっかくなので、見てやってください。さ、どうぞ」

「ありがとうございます。でも、いいんですか？」

目をつむっている弦城に、恵理はおそるおそる伺《うかが》いをたててみる。本体のことは気になっていたから嬉しい申し出なのだが、楽器本人はいいのだろうか。

やはり返事はなかった。会話に入るつもりがないのか、はたまた恵理が無視されているのか。どちらにしても、この楽器の精霊にあまり好かれていないような気がする。しかし大地は大地で、「もちろん問題ないですよ。そっちのはほっといてください。どうぞどうぞ」と弦城などお構いなしに勧《すす》めてくる。

恵理は迷ったあげく、大地の勧めどおりに顔を寄せてみることにした。そっとケースの上から覗きこむ。

途端に息を呑んだ。一目でわかった。相当に古いバイオリンだ。作られて二百年は優に経《た》っているように見える。端が削れ、あごや肩に当たる場所のニスの色が落ちているのは、よく弾《ひ》かれてきた楽器だからだろう。すらりとした膨《ふく》らみや見とれるほど美しい裏板の木目、優雅なf字孔《エフじこう》を見るに、巨匠アントニオ・ストラディヴァリ製作の楽器に似せて作られたストラディヴァリウスモデルだろうか。

「きれいな楽器ですね……」

恵理は感じたままにつぶやいた。弦城は眉ひとつ動かさず、代わりに大地が苦笑する。

「ありがとうございます。って俺が言うのもなんですけど」

それから大地は、弦城の来歴を簡単に教えてくれた。弦城は、百年ほど前にヨーロッパから渡ってきた楽器だそうだ。日本の商人に購入されて弦城と名づけられ、はや百年。とうとう魂の部分が人の姿で化けて出てこられるようになってしまったらしい。

「妖怪幽霊てんこもりな日本に長く住んでるせいなんですかねえ。あとは……弦城が見える富沢さんだから言いますけど、実はこいつ、とあるめちゃくちゃ有名な楽器なんです。そのせいもあるかもしれません。え、名前ですか？　それは――」

「ストラディヴァリウス」

告げたのは、だんまりを貫《つらぬ》いていた弦城だった。

「もちろん、後世死ぬほど作られた模造品じゃない。本物の、アントニオ・ストラディヴァリの手によるものだ」

その美しく響く声を聞いた瞬間、恵理は、ああ、と思った。

腑《ふ》に落ちたのだ。確かにこの男はストラディヴァリウスだ。かつて出会ったあの楽器と同じくらい、いや、それ以上によい音を出すに違いない。

遠い日の記憶が心の奥底でふわりと揺らぐ。その苦さを押しつぶしながら、恵理は微笑んだ。

「ストラディヴァリウスなら知っています。テレビで見たことありますし。確かバイオリンの最高峰ですよね。なるほど、だから弦城さん、そんないい声をしていらっしゃるんですね」

弦城は答えない。代わりに大地が意外という顔をした。

「あれ、驚かないんですね、富沢さん。普通、目の前にあるのがストラドと言われれば大騒ぎですよ。億越えの楽器っていうところに注目が集まりがちですから」

「え？」

恵理は今さら口を押さえた。

しまった。確かにストラディヴァリウスといえば、その桁外《けたはず》れな値段が注目される楽器だ。普通なら、そんな楽器を前にこうも冷静ではいられないのかもしれない。仕事上、恵理はストラドに億を越える値がつくのはよく知っているし、目にしたことも数度ではないから、さらりと流してしまったが。

　慌ててごまかしにかかった。

「えっと私、楽器のことはよくわからなくて、でも思うに、その、道具の価値って名前じゃないですよね？　なんというか私は、ものの価値は中身で決まると思ってて。だから楽器も名前とか見た目じゃなく一番大事なのは音色のはずかなって」

　とっさの発言だったが、つい本音が漏《も》れた。バイオリニストを目指した惠理にとって、楽器の価値は音にある。音であってほしい。そう思っているのだ。

　しかし、しばらく隠れていた弦城の薄い色をした瞳が強く自分を見つめているのに気づいた瞬間、惠理はまずいことを言ったと悟った。

『ものの価値は名前ではなく中身で決まる』なんて、よりによってストラディヴァリウスの前で言ってしまった。あの言い方では、ストラドの名に誇りを持っているだろう彼に、お前の名など価値はないと言ったようなものだ。気を悪くしただろう。

「違うんです！　私、弦城さんがいい音するって知ってるから、だから今ストラディヴァリウスだって言われて、ああ、確かにと思っただけで」

「え？　どういうことです」

　大地が驚いたような顔をした。大地だけではない、なぜか弦城までも。

「……どういう意味だ」

「え？　さっきの、ご自身ですよね？」

恵理は不安になりつつ答えた。恵理がこの店に入った理由である、美しいバイオリンの音色。あの、魂をもっていかれるような鮮やかな響き。

「あれが弦城さんの音に違いないって思ってたんですけど……違うんですか？」

ひとりでに鳴ることができるのだから、当然弦城と思ったのだが。

ああ、と弦城は納得したようにつぶやいて、つまらなそうにソファに背を預けた。

「そうだった。聞かれてたな。そう、俺だ。あんたの想像どおりだよ」

「え、さっきのってなんのことです？　なんだよ、弦城」

「なんでもない」

「なんでもないって」

助けを求めるような大地の視線に、恵理は口を開いた。

「実は私、さっき外を歩いてるときに、偶然バイオリンの音を耳にしたんです。すっごくいい音で。お店にお邪魔したのも、それがきっかけで」

「……なるほど。それでか」

大地が腑に落ちたようにつぶやいて、それから思わせぶりに口角を上げた。

「そうか。だからお前、さっきから機嫌悪いのか。やっとわかった」

「さあな」肯定《こうてい》も否定もせず、弦城は席を立った。「どうでもいいだろ。それより大地、いつまで座ってるつもりだ。仕事しろ、仕事」

「仕事してるだろ。お客さま対応だ」

「なら、ぐだぐだしゃべってないで、作業でも見せてやれよ。せっかく来てくれたんだから」

「それはもちろんいいけど」

「じゃあ早く始めろ。俺は寝る。バイオリンケースの蓋《ふた》は閉めとけよ。いいって言うまで開けるな」

言うやいなや、弦城の姿はかき消えた。惠理が思わず開いたままの楽器ケースを見やると、弦城の本体が不機嫌そうな音を立てる。早く閉めろと言っているのだ。

「……思春期の中学生かよ」

大地は呆れたように蓋に手をかけた。

「――で、これがほぼ完成したバイオリンです」

エプロンをつけた大地が、ちょうどニス塗りの終わったばかり、ほぼ完成形なバイオリンを前にひとつひとつ丁寧《ていねい》に教えてくれる。

「あとは弦を張れば終わりなんですけど、その前に、表板の振動を裏板に伝える、魂柱《こんちゅう》っていう小さい棒を楽器の中に立てます。魂柱、いい名前ですよね。まさに楽器の魂、音を伝える大事な部材なんですよ。で、魂柱を立てたら、次は弦を支える駒《こま》です。駒は、この楽器に適した場所に位置を決めて、膨らみに沿うように削ってやってから立てるんです。最後に弦を、巻きこまないように注意して巻きながら――」

　恵理は大地の横で聞いていた。正直いえば、今彼が言っていることは恵理もほとんど知っている。それでも職人から直接聞くと興味深かった。それに大地の話を聞いていると、彼が本当に楽器が好きなのだということがこれでもかと伝わってくる。

　眩しいな。

　その眩しさは苦しさでもあって、早くこの場を離れるべきと思わないわけではない。が、恵理は「見学していきませんか」という誘いを断ることはできなかった。情けないことに、この期《ご》に及んでバイオリン職人に興味はあったし、気になることもあったのだ。

「あの、私なにか、いけないことをしちゃいましたか？」

「え？」

「彰志《あやし》さん、さっき仰《おつしや》ってましたよね。弦城さん、私に演奏を聴かれたから機嫌を損《そこ》ねてるんだって。弦城さんの音は、その……素人《しろうと》の耳にもすごかったんですけど、聴いてはいけないものだったんでしょうか」

「いいえ、全然」

扇形《おうぎがた》の駒の足を、表板に敷いた紙やすりにこすりつけ形を合わせながら、大地は笑った。

「全然気にすることじゃないですよ。あいつ、ちょっと気を抜いていたんでしょうね。それをあなたに聴かれたんで、恥ずかしくてへそ曲げてるんです、たぶん。ほんと面倒くさい奴ですよ」

「気を抜いていた？」

「ええ。お察しの通り、あいつは好きに音を出せる化け物楽器なんですけどね。でも普通俺の前なんかじゃ、騒音みたいな音しか出さないんですよ、今さっきみたいに」

「どうしてです？」

「さあ。なにか思うところがあるみたいですけど、それがなにかは俺にもさっぱり」

ただ、弦城が名器らしい音を出すのを頑《かたく》なに避けているというのは事実だそうだ。

「本当はストレス溜《た》まってるんでしょうね。あいつ、よく弾かれてきた楽器なのに、ここ数年誰にも弾かれてないんで。それで俺が留守にしてるあいだを見計らって、こっそり音を出してたんだな。ってことで、たまたまあなたに聴かれたから拗《す》ねてるだけなんで、気にしないでいいんです。まったく、あいつもいいかげん、謎の意地を張るのはやめればいいのに」

「意地……」

よく考えれば、あんなよい音のストラドが工房にあるのは変だと、恵理は今さら気づいた。調整のために預かっているという感じではなく、だからといって深刻な修理箇所も見当たらない。すばらしい演奏家の手に渡れば今すぐにでも、華やかな音を響かせられそうなのに、どうしてこんなところにいるのだろう。

「実は今のあいつ、音が出ない楽器なんですよ」

弦の入った小袋が幾種類も整然と並べられた引き出しを見繕《みつくろ》いつつ、大地は言った。

「音が出ない楽器？　勝手に音が出る楽器じゃないんですか？」

「そうなんですけど、あいつ、人間には絶対に音を出させないんです。弾かれることは拒否してるんですよ、なぜか」

お見せしましょう、と大地は『弦城』のケースに手を伸ばし、「おい、開けるからな」と蓋を開いた。そのまま軽く弦をはじいてみせる。

恵理は息を呑んだ。

「ほんとに、音が出ない……」

　確かに大地の言うとおりだ。普通なら、弦をはじいただけでも小気味よく音が跳ねあがるのがバイオリンのはずなのに、まったく、かすれるような音すらしない。

「俺も聞いた話なんでよく知らないんですけど、あるとき、突然音が出なくなっちゃったそうです。どんな高名な演奏家が弾いてもだめ。なんでかは、やっぱりわかりません。こいつ、立派な口があるくせに黙ってるんで」

　当てつけるように、大地はバイオリンの弦城を見やる。反応はない。

「全部聞こえてるくせに、やっぱりだんまりか。こういう奴なんですよ、こいつ」

　大地は諦《あきら》めたように言って、自作の調整作業に戻った。

　最後の工程、四本の弦を張る作業が始まる。まず大地は、十数種類はある弦のブランドから、適したものを選び出した。

「弦にも個性がありますからね。素材、性質、音の伸び。ちゃんと楽器ごとに、合ったのを選んでやらないと。例えば弦城は古い楽器なので、あんまり張力があるのは負担がかかりすぎてだめです。これはできたばかりの楽器だから、素直で力強いやつにしましょうかね。で、なんでしたっけ。そうそう、弦城の音が出ないって話ですよね。実はこいつが天下のストラディヴァリウスのくせに、俺みたいな弱小バイオリン職人の手元にあるのはそのせいなんです。こいつ本当は、百年前に弦城と名づけてくれた中野泉《なかのいずみ》って人の家に、代々伝わってきた由緒《ゆいしょ》正しきバイオリンなんですけど」

しかし七年ほど前、急に音が出なくなってしまった。何人ものバイオリン職人が修理を試みたが、どうにもならない。それどころかへたに触ると、威嚇《いかく》でもするように騒音めいた音まであげるようになった。

弦城を所持している中野家は困りはてたそうだ。これはもう、普通の故障でないのは明らかだ。楽器に妖怪か幽霊でも取り憑《つ》いているに違いない。だからといって放っておくわけにもいかない。それで二年前、バイオリン職人として独立したばかりの大地のもとに巡り巡ってやってきた。中野家の跡継ぎが、たまたま大地と大学オケで同級だったのだ。

「俺は無理って言ったんですよ。そんなオカルトめいた楽器、絶対直せないって。なのに俺のところに来たら、急に弦城が現れて」

弦城という男が現れたのは、それが初めてのことだった。それまで彼は、誰の目にも映らなかった。なのに大地にだけ見えた。

「中野家はもう喜んじゃって、嬉々として俺に弦城を押しつけていきましたよ。直るまで預けるから、どうにかしてくれって」

「……どうにかなったんですか？」

「なりません、全然。二年間なにも事態は解決しないまま、ただただ俺は共同生活を強《し》いられてるってわけです」

この面倒くさい楽器の精と。

そう大地は肩をすくめた。そのあいだも、弦を張る手は緩《ゆる》まない。さすが職人だと恵理は思った。一本、二本と、あっという間に弦はぴんと張られていく。

「いいかげん、機嫌を直して普通の楽器に戻ってほしいんですけどね。まったく、名工ストラディヴァリに作られて、代々の持ち主に大事にされて、なにが不満なんだか。だいたいあいつが化けて出られる原動力って、今まで大事にされて積もり積もった愛情パワーと、人と関わりたいっていうあいつ自身の意志の力らしいんですよ。なら存分に関わればいいじゃないですか」

「確かに……」

「でしょ？　なに考えてるかよくわかりませんよほんと。弦城自身は、自分に意志が宿った以上、自分を弾く人間は自分が選ぶ、なんて言ってますけど、選んでる様子は全然ないし」

「大地さんが選ばれたってことは」

「ないない、ありませんよ」

大地は四本目の弦を張りつつ言った。

「調整がてら触るときだけは、面倒くさそうに鳴りますけどね。弾こうとしたらもう、だんまりです。そもそもこいつ、俺のこと下手《へた》くそって言いますから。確かに俺は大学に入って楽器を始めた口で、基礎もなにもなってなくて、名演奏家に弾かれ続けてきた奴が怒るのもわかるんですけどね。でも下手くそはひどいと思いませんか？　あいつにとって俺は、体《てい》のよい話し相手以上の価値がないのはわかるんですけどねえ」

大地は笑う。でも恵理は、なにを言うのだろうと楽器の『弦城』を横目に思った。大地が軽んじられているわけはない。弦城は口では憎まれ口を叩いても、本当は大地を信頼している。でなくてどうして、あの気むずかしげなストラディヴァリウスが、こんなふうに自分の本体をさらけ出しておけるだろう。

いいなあ。ストラディヴァリウスに信頼されて、大好きな楽器に囲まれて。

なんだか空《むな》しくなってくる。

「ま、そういうわけで、申し訳ありませんがあいつの失礼は許してやってください。人の形はしていても、根は楽器。俺たちとは考え方も違うんでしょう。と、そんなこと言っているあいだに、完成しましたよ」

大地は手元のバイオリンを掲《かか》げた。先ほどまで丸裸だったそれには弦が張られ、すっかりよく知る姿になっている。

「あとはこうやって」と取り出した音叉《おんさ》を、膝骨《ひざぼね》で叩いて振動させる。耳を近づけて音を確認すると、それを頼りに弦を留《と》めているペグを回し、音程を手早く調整した。

「音を合わせるだけです。弦を張ったばっかりなのですぐにくるっちゃうとは思いますけど。どうです？　弾いてみませんか？」

「……遠慮しておきます。壊してしまうと困るので」

「そうですか？　別に怖がらなくても大丈夫ですよ。折ったり割ったりしなければすぐ直せますし。バイオリンは修理に強い楽器ですから」

そうだけれど。惠理は曖昧《あいまい》に微笑んだ。

大地の作ったバイオリンの音を聴いてみたいのはやまやまだが、それはできない。

バイオリンを弾くときの、身体をひねる特殊な構え。それは一朝一夕《いっちょういっせき》で身につくものではない。構えを見れば、その人間がどれだけバイオリンと関わってきたかが一目瞭然《いちもくりょうぜん》で、惠理がバイオリンのことをなにも知らないなんて嘘は、すぐに見抜かれてしまうだろう。

潮時かな。惠理は置いたバッグにそっと手を伸ばした。しかしその同じタイミングで、

「大地、あの件はどうするんだ」

ふいにまた弦城が現れた。あまりに突然だったから、大地はたった今完成したばかりの自作を、危うく取り落としそうになった。

「おい弦城！　いつも言ってるけどな、そうやって急に出てくるのほんとやめろ。寿命が縮むだろうが！」

「そりゃすまんな。で、あの件はどうするんだって訊《き》いてるんだが」

「すまないなんて全然思ってないだろお前。……あの件？」

「呪いのバイオリンの件だ。今日行くんだろ？　対策を考えないでどうする。いくらお前があああいう仕事が嫌いだからって、先延ばししてもいいことはないと思うが」

「呪いのバイオリン？」恵理はつい口を挟んでしまった。「なんですか？　それ」

好奇心が勝手にむくむくと膨らんで、どんな話だろうと思ってしまったのだ。もしかして弦城のようなことが、他にも起こっているのだろうか。

「興味あるのか」

感情の見えない顔で、弦城は恵理を一瞥《いちべつ》した。

「あ、いえ、すいません……」

ずうずうしいと咎《とが》められたかと思って、恵理は慌てて謝った。しかし予想に反して、弦城はすらすらと答えた。

「バイオリンの調整の依頼だ。ただし、少し特殊な話だが。普通、バイオリンの故障というと、接着剤のニカワが剝《は》がれた、表板が割れた、なんていう物理的なものだが、今回はそうじゃない。まさに知らぬ人が見れば『呪い』なんて安直にとらえてしまうだろうものだ。楽器の心の問題とでもいうか」

「楽器の心……」

「おいおいおい弦城！　お客さまに変な話するのやめてくれ。俺はこれ以上、うちの店がそういう心霊現象を扱うんだと思われたら困るんだよ。ただでさえこのごろ、『怪しいバイオリン工房』とか言われてるのに」

大地が慌てたように口を出した。しかし弦城は、まったくもって取り合わない。

「今さらだな。この人には俺が見えてる。取り繕っても遅い」

「そうだけどさあ」

弦城は大地を無視して、惠理に向かって続けた。

「楽器の心の問題っていうのは抽象的だが、簡単に言えば、一見悪いところはないのに、なぜか楽器に不具合が出ている。そういう場合のことだ。わかるか」

「……なんとなくは。どこか壊れているわけではないのに、おかしくなっているってことですよね」

つまり、弦城さんみたいなのですよね？　恵理は危うく尋ねかけて、すんでのところで飲みこんだ。なんとなく、それは訊《き》かないほうがいい気がする。

「そんなところだ。大地には、真っ当な依頼の他に、そういう特殊な問題を抱《かか》えた楽器の修理依頼が時折来る。今回の『呪いのバイオリン』もそうだ。な、大地」

「はいはい、そうだよ」

諦めたように、大地が付け加えた。

「そうなんですよ。俺は普通の楽器職人だし、そうありたいと思っているんですけど、どうもうちの店は怪しい案件に強いってまことしやかに噂されてるようで、わけわかんない依頼が来るんですよ。楽器が呪うだの、泣いているだの。なにを思ったか音が出なくなっただの」

大地は当てつけのように弦城を睨《にら》んだが、弦城は素知らぬふりをした。

「ほんと困ってるんですけど、でもぶっちゃけて言うと、そういう依頼ってだいたい割がいいんですよね。この工房も正直、商売としてうまくいっているわけじゃないので、そうそう断るわけにもいかず……って、すいません。それはどうでもいいですね。えっと、どうします？　ここまで話しちゃったんで、『呪いのバイオリン』の話、もしよかったらちゃんとしますけど」

そう言われたら、はい、と答えるしかない。恵理は肩にかけた鞄をもう一度降ろした。

奥の簡易キッチンから、エスプレッソマシンの音がする。

「さて、どこから話そうかな……」

やがて戻ってきた大地の手には、デミタスカップが三人分あった。弦城は幽霊みたいなものだから、カップにさわれないし飲めもしない。でもだからといって、自分の分だけないのは嫌なのだ。

「こいつ、人間らしく扱われることにこだわってるんですよ。なんだか知りませんけど」

面倒そうに言いつつカップを差し出した大地に礼をして、恵理は一口飲んでみた。

「うわ」

あまりの苦さにびっくりして、思わず声が出る。普段エスプレッソなんて飲まないから、アメリカンコーヒーみたいに飲んでしまった。

「なんだ、そんなに苦いのか？」

「割と」

眉を寄せつつうなずくと、ふうん、と弦城は興味深そうな顔をした。

「そうなのか。大地はいつもうまそうに飲んでるから知らなかった」

「あ、もしかして苦手でしたか？　すいません、俺、エスプレッソ好きでつい」

大地が砂糖ポットを急いで差し出す。

「砂糖いっぱい入れてみてください。たぶんましになりますから」

言われたとおりに砂糖を入れると、今度はかなりいい気がした。

「あ、おいしい！」

「ほんとですか？　よかった。飲めそうです？」

「はい、というか、だいぶ好きかもしれないです。苦みと甘みが絶妙っていうか。こんなに変わるものなんですね。知らなかった、損してました」

嬉しくなって、恵理は顔を輝かせた。が、ぽかんと大地が自分を見ているのに気づいて、すぐに我に返る。

なに、いきなりテンション上がってるんだろう、私。

昨日から鬱屈《うっくつ》していたせいだろうか。ちょっとしたことなのに、急に気持ちが高揚《こうよう》してしまった。

「あの、すいません。その、つい、嬉しくなっちゃって」

小さくなっていると、「なんだ、そういう感情はあるのか」と弦城がぼそりと言った。

「よかった。どれだけ辛気《しんき》くさい奴なんだと思ってた」

「いやいやよかった！」慌てて大地が被《かぶ》せるように声をあげた。「そうなんです、おいしいですよね。砂糖いっぱい入ったエスプレッソ。よし、今日は俺も入れちゃおう」

大地はざっくりと砂糖を取り、自分のカップに注ぐ。と、またもや弦城が口を出した。

「大地、俺のにも入れろ」

「はあ？」手を止めた大地は、思いきり眉をひそめた。「お前はいいだろうが。どうせ飲まないんだから、砂糖がもったいない――」

「入れろ」

大地は呆《あき》れたように弦城を見やり、でも結局は「はいはい」と弦城のデミタスカップを引き寄せた。

「まねしたがりの子供かよ、お前。……それでなんでしたっけ。そうそう、呪いのバイオリンですよね」

大地はようやく話を始めた。

バイオリンに呪いがかかっているようだ。

それが、依頼者の二昭《じしょう》貞秋《さだあき》の相談だったそうだ。

「ご存じのとおり」大地は、工房からさっき作ったばかりのバイオリンを持ってきて、恵理の前に置いた。

「バイオリンって四本の弦が張ってあって、それをこすって音を出すんですけど。この四本って、それぞれ弦の太さとか材質、違うんですよ。出せる音の高さももちろん違います。調弦は、高音からE、A、D、G。ドレミでいうと、ミ、ラ、レ、ソ。きっかり五度ずつ下がっていく」

大地は、弦を一本ずつはじいた。高音から低音へ不思議な和音が広がっていく。この音程の異なる四つの弦を駆使して、バイオリニストは美しいメロディから超絶技巧まで、さまざまな音を生みだすのだ。

「なんですけど」と大地はもう一度、一番高い音が出るE線をはじいた。

「どうもそのバイオリン、この弦、E線だけ音が出ないらしいんですよ」

「出ない？　全然出ないいんですか？」

「ええ。全然」

まったく、少しも。

それが、依頼者が解決してほしいという『呪い』だった。

貞秋が言うには、他の三本の弦は、普通に音が出るそうだ。しかしこのE線だけなぜか、どうやっても音が出ない。かすれた音ひとつしない。

まさに弦城と同じ症状だった。楽器自身が、音を出すのを拒否している。

エスプレッソに沈めた大量の砂糖をスプーンですくい上げながら、大地は愚痴をこぼす。

「またそういう『弦城案件』かよって感じですよ。このごろ俺、バイオリン専門の拝《おが》み屋とでも思われてるらしくて、ほんと困ってるんです」

よほど溜まっているのか、ため息交じりだ。

ただのバイオリン職人たる大地としては、できればこんな案件は避けたいところだったのだが、相手は相手で必死。それで長々、電話で話を聞く羽目になったそうだ。

「依頼主の貞秋さんが異常に気づいたのは、楽器の弦を張り直した時だそうです。件《くだん》のバイオリンは、半年前に依頼主のお母さん――容子《ようこ》さんが亡くなったあと、容子さんが使っていた状態のまま保管してあったんですけど、数日前、いつもはアメリカに住んでいる貞秋さんが帰国した際、弦を新しいものに張り替えたらしくて」

容子は遺言で、楽器を孫の道久《みちひさ》に遺《のこ》していた。それで貞秋は帰国を機に、父の満《みつる》から楽器を譲り受け、息子の道久のために弦を張り替えたのだ。

「まあ、道久くんはまだ小さいんで、このサイズの楽器は使えないんですけど、おいおい使ってくれたら、ということでしょうね」

しかし何度弾いてみても、E線だけ音が出ない。それで依頼主は、なにか呪いのようなものがかかっていると思ったらしい。

「どう思います？　富沢さん。やっぱり呪いですかね？」

霊感を期待されているのだろうか。困りつつも恵理は答える。

「どうなんでしょう。よくわからないです。でも……」

「でも？」

「いえ、その、音が出ないだけの呪いって、ちょっと変わってるなって思って。弾いた人が死ぬ、とか、音を聴いた人が死ぬ。そんな呪いのバイオリンならまだわかるんですけど、一本の弦だけ、音が出ないなんて」

ですよねえ、と大地は息を吐き出した。

「やっぱり呪いとは違う感じですよね。それよりも、なんか拗《す》ねてるっていうか、頑固っていうか、面倒くさいっていうか、そんなんですよね。誰かさんみたいに」

「楽器の魂に、なにか思うところがあるんだろ」

弦城は大地の皮肉をさらりと流した。

「楽器だって人間と同じだ。拗ねることもショックを受けることも普通にある」

「そうかもだけどさあ、それをどうにかしてやるのは俺の仕事じゃないんだよ。俺はバイオリン職人であって、カウンセラーじゃない。そりゃ楽器には幸せでいてほしいけど、でも、できることとできないことがある」

　確かに大地としては困りものだろう、と惠理は同情した。人間の医者だって、なにからなにまで治せるわけではない。

　が、弦城は手厳しかった。彼は相変わらず無愛想に言う。

「もう引き受けたんだ、お前がどうにかしろ、全部な」

「どうにかって、俺はただの楽器屋なんだけど」

「そんなのはわかってる。でも仕事は仕事だろ」

「そうだけどな、あのな……。ああもう、お前のせいだぞ、まじで。くそ、ほんと厄介《やっかい》なストラド押しつけられた」

　大地は、さも心の底から思っているかのように嘆《なげ》く。

　しかし大地には悪いが、惠理は思ってしまった。

　仲、いいなあ。

　出会ったばかりの惠理にもよくわかる。やっぱりこの二人には信頼関係があるのだ。大地はバイオリン職人として、そしておそらくは友人として、信頼されている。この『厄介なストラド』に。

　うらやましかった。そして悔しかった。急に、自分がひとりぼっちな気がした。いや。

気がする、ではなく、まさしくひとりぼっちなのだ。

そう悟った途端、感情がざらざらと冷たい砂になった。砂になったまま、流れ出ていく。誰かが頭の後ろで笑っているようにさえ思えてきて、心から帰りたくなった。

でも。

「……すればいいんじゃないか?」

弦城が口にしたなにごとかに、惠理は無理やり引き戻された。不思議な声色だった。ふと今思いついたような、それでいて前々から用意されていたような。

「すいません。今なんて仰《おつしや》いました」

「聞いていなかったのか? あんたを一緒に連れていけばいいんじゃないか。そう言ったんだ」

「え、私?」

「おいおいおい、弦城! なにお客さまを巻きこもうとしてるんだよ! いくら富沢さんに、お前が見えるからって」

「だから連れていく価値があるんだろうが。この人なら、お前の気づかないような呪いの原因に気づくかもしれない。その霊感とやらで」

反論されて、大地の勢いは瞬く間に萎《しぼ》んだ。

「それはまあ、そうだけど。でも、富沢さんの都合だってあるだろうし……」

とは言いつつ、若干《じやっかん》の期待を込めた視線を送ってくる。

どうしよう。

惠理は迷ってしまった。行ってみたい気持ちは正直ある。でも、さっき感じた帰りたいという衝動だって、まだ心に根を張っている。

それに、惠理が行ってもたぶん役になんて立たないだろう。バイオリン職人とストラディヴァリウスのコンビの前では、いてもいなくても同じだ。

しかし弦城はいつまでも迷わせてくれなかった。惠理をしばらく見ていたかと思うと、突然、突拍子《とっぴょうし》もなく口を開いたのだ。

「そういえばあんた、俺の音を勝手に外で聴いてたな」

音？

「……それは確かに聴きましたけど」

突然なにを言いだすのかと思いつつ惠理が答えると、弦城は重々しく言葉を継いだ。

「俺は、過去の自分が弾かれた演奏を完全にコピーできてな。実はあれも、昔のとある名演奏家が俺を弾いたそのままの音だった。つまり俺が本気を出せば、あのくらい響く、いい音が出るってことだ。自分で言うのもなんだが、金が取れる音だと思う」

「それはわかります。外からでもすごく気持ちよくて、温かい音で——」

「それをあんたは独り占めした。本当なら聴音料として数万はいただきたい」

「え？　聴音料？」

「おい弦城！　それお前が勝手に鳴ってただけだろうが。ほんっとお前」

「黙ってろ、大地」

大地をあしらうと、弦城は驚いて言葉もない恵理を見下ろす。

「だが俺は心の広い楽器だから、金はもらわない。ただ代金代わりに、この仕事に協力してくれればいい。言いたいことはわかるか？　つまりあんたはぐちゃぐちゃ考えず、ついてくればいいんだ。わかったか」

「わ、わかりました……」

とても拒否できない圧力に恵理が答えると、弦城はもっともらしくうなずいて、くるりと踵《きびす》を返した。

「じゃあ決まった。行くぞ、大地。依頼者に連絡したら車を回せ」

三

仙台《せんだい》は東西に長い街だ。東は海、西は山。

「自然も都会も、ちょっとしたものは近場で全部手に入る、いい街です。というか最高ですよ。飯も旨《うま》いし。大学入試の前日に初めて来て、直感しましたもん、あ、ここ、いい街だって」

「ちょっとわかります。私も今日初めて来たんですけど、駅から見た風景で、なんていうか、うわあって気持ちが解放されたような感じがして」

「おお、やっぱり。嬉しいです。そうだ、もしあとで時間があったら、なにかご馳走《ちそう》しますよ。外食がいいかな。すっごく旨い寿司の店があって」

言いつつ大地《だいち》の旧型のカローラが滑りこんだのは、山形《やまがた》との県境にほど近い、古い豪邸の前だった。周囲を巡る土塀《どべい》の中央には、今時珍しいほど大きな瓦葺《かわらぶ》きの門がどっしりと構え、塀の中には、樹齢百年以上はありそうな大木が揺れる。この見るからに立派な邸宅が、『呪いのバイオリン』の依頼主、二昭貞秋《じしょうさだあき》の実家だという。二昭家は医者一族で、地元で名の知られた名家なのだそうだ。

「あの、ほんとについてきちゃってよかったんでしょうか?」

車を降り、『弦城《げんじょう》』のバイオリンケースを背に担《かつ》いだ大地に、恵理《えり》はおずおずと尋《たず》ねた。結局弦城に押し切られてしまったが。

「もちろんですよ。助かります。むしろ、弦城の無茶ぶりに付き合わせてすいません。勝手に音を聴かれたって怒ってたくせに、今度は聴音料とかわけわかんないこと言いだして。ああなると手がつけられないんです。楽器なんで許してやってください、申し訳ないですが」

「いえ、それは全然、気にしてはいないんです。けど」

彼がそんなわがままを言って惠理を連れてきた理由がわからない。

「弦城さんは、霊そのものみたいなものですよね。そんな人が、本当にあるかもよくわからない私の霊感を期待したわけはないんじゃないかなって」

「ああ、それは簡単です」と大地は笑った。「あいつたぶん、あなたのこと気に入ったんですよ」

「……それはないかと」

「そうですか？」

ないに決まっている。出会ってから今までに、気に入られる要素なんてあっただろうか。それに彼はストラディヴァリウスだ。今まで数多《あまた》の名演奏家の手を渡ってきた彼が、『楽器を知らない』凡人の惠理を気に入るとは思えない。もっとも弦城は、それでも自分を見ることのできる惠理が気になるのかもしれないが。

人間二人の会話など聞く気もないのか、弦城は一人先を行く。そのすらりとした背を見つめ、惠理は小さく嘆息《たんそく》した。

なにを考えてるのか、よくわからないな。

確かに弦城は人の形をしている。けれどその心は大地の言うとおり、人とは少し違うのかもしれなかった。

インターホン越しに大地が名乗ると、すぐに門が開き、惠理より一回りほど年上の男性が顔を出した。依頼主、貞秋だ。

「お待ちしておりました、彰志《あやし》さん。お呼びたてしてすいません」

「いえ、お気になさらず。えっとこちらは……」

「助手でいいだろ」

惠理をなんと紹介したらよいのかつまった大地に、弦城が助言する。

「ええと、助手の富沢です。本日はよろしくお願いいたします」

貞秋はお二人ともよろしく、と返した。どうやらというか、やはりというか、この男に弦城の存在は感じられないらしい。

「貞秋さん、いつもは外国にいらっしゃるとか」

母屋《おもや》へと向かう道すがら、早速大地は調査を始めた。異常が楽器の心の問題からきているなら、周辺環境の調査は重要だ。

「ええ、普段はニューヨーク近郊で医学系の基礎研究をしています。仕事に余裕ができたので、数日前に家族で休暇に帰ってきたんです」

貞秋は穏やかな話しぶりで語った。

彼は医師の資格は持っているものの、ここ数年は妻、そして『呪いのバイオリン』を受け継ぐ予定の息子道久《みちひさ》を連れ、アメリカで研究生活を送っているそうだ。父、二昭満《みつる》の医院を継いだのも、彼でなく弟らしい。

「日本は久しぶりですか？」

「そうですね。母容子《ようこ》の葬儀以来なので、私は半年ぶりでしょうか」

「容子さん、急だったとか」

「ええ。連絡を受けて帰った時には、もう。その前に長期帰郷したときには、ぴんぴんしていたんですけどね」

表情にわずかな影を落とし、貞秋は母屋の戸を開けた。恵理もごめんください、と小さく言って入る。

と、

「ばあちゃん？」

廊下を駆ける足音が近づいてきたと思う間もなく、五、六歳ぐらいの小さな男の子が玄関へと飛び出した。顔も見ないまま勢いよく惠理に抱きつき、声を弾《はず》ませる。

「ばあちゃん！　やっと帰って……」

しかしその声は、惠理の顔を見上げた途端に尻すぼみに萎《しぼ》んだ。

「ああ、すいません、道久だめでしょ！　本当、申し訳ありません」

彼の母だろう、後ろから追ってきた女性が平謝りで少年を引きはがす。瞬《またた》く間に少年の目には涙が浮かび、一瞬のちには大号泣《だいごうきゅう》が始まった。

「ばあちゃん、いつ帰ってくるの？　ばあちゃんは？　ねえばあちゃんは？」

母親が腕に引っ張り上げて宥《なだ》めすかすも、泣き声はやまない。仕方なく母親は、申し訳なさそうにこちらに一礼すると、泣きわめく息子を抱きかかえたまま奥へ消えていった。

泣き声が遠ざかってから、貞秋は小さく頭を下げた。

「すいません、道久がご迷惑を。道久の部屋から、玄関先の声がわずかに聞こえるようで。女性の声が聞こえると、皆自分の祖母だと思いこんでしまうのです。あの子は祖母が大好きでしたから」

どうやらさっきの男の子が、件《くだん》のバイオリンを容子から引き継いだという孫、道久のようだ。

「失礼ですが、道久くん、容子さんの死を理解していない？」

大地の問いかけに、貞秋の表情は沈んだ。

「ええ。母の葬儀の際、道久は水疱瘡《みずぼうそう》にかかっていて帰国できなかったんです。そのせいで、祖母の死をよく理解できていないようで。遠くに行って、もう帰ってこないのだと何度も言い含めたんですが、外から女性がやってくるとああやって」

道久は、祖母がそのうち帰ってくると信じているのだ。もう、二度と会えないのに。

それから貞秋は、彼の息子が去ったのとは逆、右手へ恵理たちを促《うなが》した。通されたのはつきあたり、こぢんまりとした洋室だ。亡くなった容子が、趣味の部屋として使っていたのだという。ワイルドローズ柄《がら》の壁紙に囲まれた趣味のよい部屋で、折りたたみ式の書き物机にはついさっきまで使われていたかのように万年筆が転がり、窓際《まどぎわ》を飾る白磁の花瓶には、瑞々《みずみず》しく青い、早咲きのあじさいが生けられていた。

「素敵な部屋ですね」

「ありがとうございます。父が、母が生きていたときそのままに保ってるのです。音楽を愛し、美しいものを愛する、優しい母でした」

貞秋は、恵理たちを部屋の中央に促した。

「その母の遺品の、件《くだん》のバイオリンがこれです」

見れば確かに、古い樫《かし》の丸テーブル上にバイオリンが置かれている。

「百年ほど前に作られた、フランス製のモダンだな」

己《おのれ》の姿が見えないのをいいことに弦城がつぶやく。楽器の内側に貼ってある製作者のラベルを見なければなんともいえないが、惠理も弦城の言うとおりの気がした。そこそこ古そうな表板に、くすんだニスの色。惠理が今まで見てきたフランス製のモダンバイオリンとよく似ている。製作から百年前後の楽器がモダンと呼ばれる。弦城と比べればまだまだ若造だ。

「見せていただいても？」

「ええ。お願いします」

大地はバイオリンを取り上げた。弦を一本ずつはじく。低音からG、D、A。きちんと音が出る。でも一番高音のE線だけ、うんともすんとも言わない。確かに話どおりだ。

「ちゃんと専門店で弦を張り直してもらったんです。うちで楽器を弾《ひ》けたのは母と私だけで、私も弾かなくなってかなり経《た》っておりますので。でもこの有様でした。はじいても、弓で弾いても音が出なくて。それでその店ではさじを投げられてしまって」

「専門家がもう見たんですね。僕にも一応、調べさせてください」

大地は楽器を調べはじめた。手に取り、裏返し、かと思えば銃を構えるように掲《かか》げて細かくチェックしていく。惠理が見守っていると、「おい」と弦城が話しかけてきた。

「あんた暇《ひま》だろ。貞秋に訊《き》いてくれ。音の出ない理由に、思い当たるふしはないかと」

私でいいんですか？　目だけで尋ねると、「当たり前だろ」と返ってくる。

「のこのこついてきて、見学だけしてるつもりか？　やれることはやってくれ」

ひどい言い方と思ったが、確かにただ立っていても仕方ない。惠理は口を開いた。

「あの、貞秋さん。伺《うかが》いたいのですが、この楽器の音が出ない理由にお心当たりはありますか？」

「心当たりですか？　それがあったら苦労はしないのですが……」

そのときだった。

「なにを言う。怪異の理由など、火を見るよりも明らかだろうが」

声がした。見れば、ドアの前に老人が立っている。貞秋とよく似た顔をしているが、目鼻の上に、長年人の上に立ってきた者特有の威圧感が積もっている。

名乗られる前にわかった。この男は貞秋の父、二昭満だ。

「いつからいたんだ、父さん」

満の登場に、貞秋はひどく驚いた。

「いつからでもいいだろう。それより貞秋、なにを勝手に容子の部屋に入っている。バイオリンまで人に見せて……。それはお前たちのものではないと言っただろう」

「父さん、この楽器は、母さんが道久に遺したものだ」

「もう違うと言ってるだろう！　……まあいい。この方々はどなただ。紹介しなさい」

貞秋は、あやしバイオリン工房の職人だと紹介した。

「なるほど。あなたが噂の怪《あや》しい工房のかたか」

満は、余裕をたたえた、尊大にも見える仕草で大地に手を差し出した。

「あの、あやし、です。一応……。いえ、よろしくお願いします」

「よろしく。まったくすまないな。貞秋が勝手に呼びつけたようで。しかしちょうどよかった。これではっきりするだろう。このバイオリンに起きる怪異の理由が」

「それなんですが」

大地は早速切り出した。

「満さんには、なにかお心当たりがあるのですか？　さっき怪異の理由は、火を見るより明らかって」

「もちろん、ある。だが」

満は一瞬、視線を容子のバイオリンへ向けてから、場所を変えましょう、と言った。

「この美しい場所で話すことではないからな」

応接間に通された惠理たちは、満の思う『怪異』の理由を聞かされた。

「私はね、楽器をああさせているのは、恨《うら》みだと思っている」

「恨み、ですか？」

「そうだ。音が出ない現象が起こる。それはあの楽器に、なにか思うところがあるからだ。そうだろう？」

「それはおそらく仰《おつしや》るとおりかと」

「ならば簡単だ。この楽器は怒っているんだ、親不孝なコレと道久に」

満が指し示したのは、息子の貞秋だった。どういうことだろうと惠理は密《ひそ》かに首をかしげた。真面目《まじめ》そうな貞秋は、とても親不孝者には見えないが。

満は憤然《ふんぜん》と話を続けた。

「もともと私はね、コレが医院を継がずに研究者になることに反対だった。当たり前だろう、医院を継がせるつもりで育ててきたのに。だが妻が自由にさせてやれと言うから、しぶしぶアメリカへ行かせてやったんだ。わかるかね、つまりコレや道久は、容子の口添えによって今の生活ができている。なのにコレは、その恩ある母の死に目に間に合わなかった。道久に至っては、葬式にさえ出なかった。なんたる親不孝か！　容子の楽器であったこのバイオリンは、怒り恨んでいるに違いない。だからおかしくなった。貞秋と道久への怒りが、『呪い』となって現れたのだ」

満の言い分は予想していたのだろう。貞秋は眉を寄せて話を聞いていた。が、次第に話が息子の道久に及ぶと、我慢ならないように口を開く。

「待ってくれ。確かに俺は母さんに申し訳ないことをした。でも道久には罪がないだろ。あの子は水疱瘡で帰ってこられなかったんだと何度も言ったじゃないか。だいたいあの子は母さんが弾いてくれる曲を聴くのが大好きで、だから母さんはあの子に楽器を譲ると――」

「道久も同罪だと言ってるだろうが！」

満は顔を真っ赤にして怒鳴った。

「確かに容子は道久に楽器を遺すと言った。だがそれは、まさかあんな不義理をされるなどと思ってもみなかったときのこと。今はもう、容子は道久などに楽器をくれてやるつもりなんてない。それを伝えようと、楽器に怪異が起こっているのだとなぜわからない？だからお前はだめなんだ。お前は……」

満は、ひたすらに貞秋を罵倒《ばとう》したあと出ていってしまった。

「すいません。お見苦しいところをお見せしました」

呆気《あっけ》にとられていた大地は、恐縮しきりの貞秋を見てようやく首を横に振った。

「いえいえ、お気になさらず。まあ、ちょっとびっくりはしましたけど」

確かに惠理も驚いた。満は、大地の話など最初から聞く気がなかった気がする。彼の中ではもう結論が出ていて、それをぶちまけただけだ。

「失礼ですが、満さんはいつもあのような感じなんですか。それともこの件に限って？」

「それは……そうとも言えますが、そうではないとも」

大地の問いかけに、貞秋は視線を惑《まど》わせて言いよどんだ。

「お話しづらいお気持ちはわかります。でも、よろしければ話していただけませんか？バイオリンの問題を解く鍵《かぎ》になるかもしれません」

そう促され、逡巡《しゅんじゅん》していた貞秋は「わかりました」と頭を振った。

「実は、近頃の父は、母がからむ事柄ではいつもあのような感じなのです」

「いつも、ですか」

「はい。でも昔は違ったんです。父はもともと尊大な人ではありましたが、あれほどではなかった。私が研究者になったことだって、お二人には父が大変気に入らなく思っているように聞こえたでしょうが、母が亡くなるまでは、父はあんなことは決して言わなかったんです。確かに当時は衝突しましたが、近頃は私の選んだ道を認め、誇らしいとさえ言ってくれていた。母が死んでからです。勝手に怒ってなじって、話を終わりにする。そういう人になってしまったのは」

「奥様の死が、それほどショックだったんでしょうか」

「……実は、父は母の不調を見逃してしまったんです」

貞秋の声が沈んだ。

「母はもともと身体があまり強くなく、いつもどこかが痛いと言っているような人だったんですが、そのせいで父は、母の訴えをたいしたことないと判断してしまった。それで、手遅れに」

医者である満には、痛恨の、一生後悔してもしきれないミスだった。自《みずか》らの手で救えたかもしれない妻を、みすみす死なせてしまったのだ。

「そうか……。じゃあ満さんは、その判断ミスを後悔して、容子さんのからむ事柄には敏感になっているんですね」

「はい。おそらく」

なるほど、と聞いていた弦城がつぶやく。

「満は、後悔を受け止めきれずに人に当たっていたのか。なるほど、ああ見えてただのつまらん——」

弦城の言葉の先が予想できて、恵理はうつむいた。

つまらん男だ、と言うつもりなんだろうな。

人ならざる彼にとっては、妻の死に負い目を感じ、人が変わってしまった老人などつまらない存在なのだ。恵理にはとても、そんなふうに簡単に切って捨てられないが。

けれど。

「……ただのつまらん男かと思ったが、そういうわけでもないんだな。かわいそうに」

続いた言葉はむしろ、正反対の意味だった。声には憐《あわ》れみがにじんでさえいる。

恵理は思わず、貞秋がいるのも忘れて弦城を見つめてしまった。意外に思えた。この精霊が、人間のそういう部分に同情するなんて考えてもみなかった。

恵理の視線に弦城は小さく眉をひそめたが、なにも言おうとはしなかった。


「困りましたね」

再び容子の私室にて、バイオリンを眺めながら大地が嘆息《たんそく》した。部屋の中には恵理たち三人のみ。夕方まで調査の時間をもらったのだ。弦城の見立てどおり、フランスのモダン楽器だった件《くだん》のバイオリンは、大地の手で一通り調べられた。やはり、楽器自体に問題はない。問題があるのは、もっと別の場所——魂だ。

「息子と孫の不孝を恨んで、音が出なくなっている、か。いや、でもなあ」

満の言い分にしっくりこないのか、大地は頭を掻いた。

「弦城、お前、この楽器としゃべったりできないのか？　そうすれば理由なんてすぐわかるんだけど」

「お前馬鹿か。こいつはただの楽器だ。ただの楽器がしゃべるわけないだろ」

「はあ？　お前は今、現にめちゃくちゃしゃべってるだろうが」

「これは別口だ」

「うまいこと言ったつもりか？」

「じゃあなんだ」と弦城は怒りだした。「お前は楽器が急にぺらぺらしゃべりだすとでも言うのか？　俺がこうやって化《ば》けて出られるまでに、何年かかったと思っている。この俺を、作られて百年、日本に来てたかだか数十年の楽器と一緒にするな」

「わかったわかった。それじゃなんでもいいから、どうにかしてこのバイオリンがなにを考えているのか察してくれよ」

「簡単に言うけどな、そういうお前は他人の心が読めるのか？」

「まさか」

「なら俺だって同じだ。他の楽器の考えてることなんてわからない」

「なんだよ、お前ほんとに使えないな」

嘆息したあと、大地は今度は恵理を見た。

「じゃあ、富沢さんはどうです？　なにかびびっときたりします？　楽器の気持ちとか」

「……残念ながら」

恵理は情けない気持ちで頭を下げた。考えてはみたものの、まったくわからない。当然びびっときたりもしていなかった。

「ありゃ、やっぱそうですか」

「ごめんなさい。やっぱり私、役に立たなかったですね」

「いや気にしないでください！　俺らが無理やり連れてきちゃったんですから。おい、お前のせいだろうが、弦城！」

と、大地が再び弦城に向き合ったときだ。どこからか携帯電話のバイブレーション音が響きだす。どうも大地のもののようだった。

「すいませんね」彼は恵理に断ったあと、電話に出る。「はいもしもし……。杏奈《あんな》さん？　どうしたんです……え？　落とした？　はい」

電話の向こうに耳をすませる大地の眉間《みけん》に皺《しわ》が寄った。

「そうですか……。とりあえず、待ってるように言っておいてもらえますか。すいません」

　電話を切る大地に、弦城が尋ねた。

「どうした」

「大学オケの一年生が、バイオリンを椅子から床に落としたらしい。指板《しばん》がとれたんだってさ」

　指板は黒檀《こくたん》や紫檀《したん》で作られた、弦を押さえるための板だ。どうやらそれが、落とした衝撃で楽器から剝《は》がれてしまったらしい。

「だから楽器を椅子の上に置くなとあれだけ言ったのに。まったく」

「どうするんだ。今すぐ具合を診《み》てやるのか？」

「そうする。たぶん急を要する壊れ方じゃないけど、落としちゃった子が結構動転してるみたいだから、早く安心させてあげた方がいい。こんなことで楽器を嫌いになられたら俺も困る」

「この件はどうする」

「煮詰まっちゃってるし、とりあえず保留にさせてもらおう。仕方ない」

「帰る、ってことですか？」

　恵理が尋ねると、はい、と大地はうなずいた。「すいません、わざわざ来ていただいたのに」

「いえ、気にしないでください。私、楽しかったですから」

　本当のことだった。それに恵理は、楽器を壊してしまった誰かに寄り添う大地に少し感動もしていた。恵理がずっと憧《あこが》れていた楽器屋としての姿勢、そのものだ。

「そう言ってもらえると、ありがたいです」

　大地は申し訳なさそうに笑うと、足元に置いていた『弦城』のバイオリンケースを担《かつ》いだ。

「それじゃ、帰りましょう。弦城、帰るぞ」

　弦城は動こうとしなかった。

「おい弦城」

「俺は帰らない。帰らずここに残って解決策を考える。お前はさっさと楽器だけ受け取ったら、また戻ってこい」

「はあ？　なに言ってんだ。お前一人でここに残れるわけないだろうが」

　弦城が残るとは、ここにストラディヴァリウスを置いていくことだ。できるわけがない。

　しかし弦城は、恵理をあごで指し示した。

「その人に残ってもらえばいいだろ」

「……あのな、弦城」

隠しきれない苛立《いらだ》ちが大地の声に混じる。

「いくらなんでもいいかげんにしろよ、お前。今日初めて会った人に、いつまで付き合わせるんだ。楽器のお前にはよくわかんないかもだけど、迷惑だろ。富沢さん、かわいそうだ。バイオリンのことなんてなんにも知らないのに、連れ回されて――」

「大地」

「なんだよ」

「本当にこの人が、バイオリンのことをなにも知らないと信じてるのか？」

「え？」

弦城の静かな一言に、大地は絶句した。そして恵理は、彼の視線が自分に向いたのを確かに感じた。途端、嫌な熱が押し上がってくる。

「私、その」

考えがまとまらない。どうして弦城はこんなことを言うのだろう。なにかぼろを出しただろうか。気づかれるようなことを言っただろうか。ごまかさなければ。ああでも。

逡巡の末、ようやく恵理は、泣きそうになりながら尋ねた。

「なんで、わかったんです」

「富沢さん……」

「どうしてわかったんです。私が嘘ついてるって」

弦城は眉一つ動かさず答えた。

「俺をなんだと思っている。目の前の人間がバイオリンに触れたことがあるかどうかくらい、見ればすぐわかる」

「そう、ですか」

恵理は唇を噛みしめた。ようやく今までの弦城の態度が腑《ふ》に落ちる。きっと彼は、恵理の嘘を最初から見抜いていたのだ。

逃げ出したかった。なぜ嘘をついてしまったのだろう。なぜついてきてしまったのだろう。なぜあのとき、店に入ろうなんて思ってしまったのだろう。

バイオリンへの夢は、もう捨てるはずだったのに。

「えっとその、あれですよね。ずっと昔に習ってた、とかですよね。それなら、まあ仕方ないですよ。今となったらなにも知らないも同然ですから」

無理に笑う大地の声が、空《むな》しく響く。言いたくないが、言うしかなかった。

「違うんです。私、楽器店のバイオリン販売員だったんです」

「え、販売員?」

「それも彰志《あやし》さんみたいな立派な仕事じゃなくて、もっとつまんない、無理やり売りつけるような仕事だったんですけど……昨日、クビに、なっちゃって」

言葉もない大地を前に、恵理は昨日からのすべてを打ち明けた。

会社の方針にどうしても沿えなかったこと。そのせいでクビが決まったこと。衝動的に、仙台行きの高速バスに飛び乗ったこと。

バイオリンなんて、もう忘れようと思ったこと。

「なのに私、弦城さんの音を聴いて、つい工房に入ってしまって。でもいざ入ったら、今度は苦しくなって。彰志さんと自分を比べたら……。それで嘘を……。ごめんなさい」

耐えられずうつむいて、まぶたを強く閉じる。そうしないと涙があふれてしまいそうだった。

「なんだ、そうか。いえ、そんな謝らないでください。むしろその、大変でしたね。わかりますよ、気持ち。だからその……元気出してください。とりあえず帰って、ゆっくりお茶でも飲みませんか」

大地は言葉を探すようだった。気を遣《つか》ってくれているのが、ありありとわかる。しかしその気遣いに、恵理はますます惨《みじ》めな気分になった。

このまま帰って、ゆっくりお茶したとして、どうなるのだろう。大地はきっと慰《なぐさ》めてくれる。でもその厚意を素直に受け取る自信がない。恵理と大地では、立っている場所があまりにも違う。

「お気持ちはありがたいですが」

やっとのことで、恵理は返した。

「これ以上彰志さんを煩《わずら》わせるなんてできません。私、大丈夫です。帰ります。タクシー使って」

「でも」

「帰らせてください。お願いします」

「そうさせてやれよ」迷う大地に、弦城が低く言った。

「だけど」

「とりあえずお前は行ってこい。あとは俺がどうにかする」

弦城は恵理に目を向けて続けた。

「俺はまだあんたに話がある。それを聞いたら、帰るなりなんなり好きにしろよ。大地が戻ってくるまでは一緒にいてもらわなきゃ困るが」

「……はい」

恵理は覚悟した。弦城が怒っているのはわかっている。当たり前だろう。バイオリン《自分》を知らないなんて嘘をつかれたのだから。

「わかったよ」しばらく迷ったあと、大地は『弦城』のケースを再び床に置いた。

「じゃあ、行ってきます。なるべく早く戻ってきますから。その、元気出してくださいね、富沢さん。仲間が苦しんでいるのは、俺もつらいです」

そして彼は部屋を出る。あとには惠理とストラディヴァリウスだけが残された。


弦城は、しばらくなにも言わなかった。

その端整な造りの顔からは、まったく感情が読み取れない。冷たいともいえる表情を前に、惠理は愚かな自分を責めた。

馬鹿だな、私。嘘しかつけないなら、最初から店になんて入らなければよかった。バイオリンとはもう関《かか》わらない。その意志を貫徹するべきだった。なのにふらふらして。あげく、ストラドには嫌われて……。

しかし。

「あんたはなにか、俺を誤解している」

やっと開いた弦城の口から落ちたのは、意外な言葉だった。

「俺は別に責めたいわけじゃないし、そんな顔をさせたいわけでもない。俺はただ、逃げ出そうとしているあんたが見ていられなくて、助けたいだけなんだ」

「……なに言ってるんです」

聞き間違いかと惠理は思った。責められると思ったのに、その声は柔らかくて、優しいとさえ感じてしまう。弦城は続けた。

「あんたはさっき、バイオリンなんてもう忘れようと思ったと言った」

「確かに、言いました、けど」

「今もそう思ってるだろう？　俺の話が終わったら、逃げ帰って全部忘れようと思っている」

「……はい」

「嘘だ」

「え？」

「その気持ちは嘘だ。あんたは自分に嘘ついて、自分をごまかして逃げを打っているだけなんだ。本当は、本心では、あんたはバイオリンを捨ててもいいなんて思ってない」

なにを言ってるのかわからなかった。

もう、破れた夢の切れはしを追うことに疲れたのだ。それですべてを捨てようと決意した。決して嘘ではない。

「違います、嘘なんかじゃありません。私、本当にもう疲れて」

「それならなぜ、あんたは俺の音を聴いて店に入った。なぜ延々と大地の話を聞いたあげく、こんなところまでやってきた」

「それは弦城さんが」

「いつでも帰れたんだ、あんたは。振りきって帰ることができた。そもそも店に入らないで、俺の音に耳を塞《ふさ》いで逃げればよかった。でもあんたはそれをしなかった。心の底では、バイオリンを、自分の夢を捨てて、全部忘れて逃げることなんて望んでないから」

「そんなこと……」

「そうだろう?」

なんで。

恵理は顔をゆがめ、必死にこみ上げる感情と戦った。

わかっている。本当は恵理にもわかっているのだ。バイオリンと生きる道を諦《あきら》めきれていないなんて、十分わかっている。

でも、諦めたのだと思わなければ耐えられなかった。夢を追ったあげく挫折《ざせつ》して、その挫折した夢にみっともなくすがったあげく、結局うまくいかなくて。そんな自分があまりに惨めで耐えられなかった。

とっくにわかっていて、それでも逃げようとしていたのに。

「どうしてです」

絶え絶えに声が漏《も》れる。

「どうしてあなたは私を……私なんかを、助けたいなんて思ってくださるんです。さっき会ったばかりじゃないですか。たかが数時間一緒にいただけです。弦城さんにとって、どうでもいい存在のはずなのに」

「勝手に決めつけるな」と弦城は強く遮《さえぎ》った。「助けたいものは助けたいんだ、そこに理由なんかあるか。俺は、あんたがまだやれるって信じてる。だから、つまんない店をクビになったくらいで逃げてほしくない。それだけだ」

「そんな、やれることなんて、もうなにも」

「あるだろうが。いくらだって働き口はあるし、やりようもある。あんたは人間だ。本当に望んだものは得られなかったとしても、それでもまだ、できることはある」

「でも」

「信じろ」

耐えきれず、惠理は天をあおいだ。

なにを根拠に、と思うのに。いきなり信じろなんて言われても、信じられるわけないのに。崩れてしまいそうだった。信じていいなら信じたい。そう思ってしまっている自分がいる。

あんたはまだやれる。

そんなことを言ってくれる人は、今まで一人もいなかった。それが根拠のない妄言《もうげん》だとしても、誰も惠理を励ましてなんてくれなかった。背中を支えてくれなかった。

でもこの人は。

だめだ。信じたい。信じさせてほしい。もう、その気持ちを抑えられない。

救いを求めるように顔を上げた惠理に、薄い色の瞳が静かに揺れた。

「大丈夫、信じていいんだ。他でもない、ストラディヴァリウスが言うことだ」

たった一言。でもそれで十分だった。

海のような声が胸に満ち、涙が流れた。

「まあ、俺や大地の前で嘘をつきたくなったたっていうのは、百歩譲ってわかるが」

『呪いのバイオリン』の載《の》ったテーブルに膝《ひざ》をつき、すっかり元の調子で弦城は言った。

「クビになったからって、いきなり全部捨てようとする意味がわからない」

「……すいません」

ちくりとやられ、恵理は小さくなった。とはいっても、さっきまでとは全然気持ちは違う。涙はすっかり乾いている。不思議なもので、大泣きしたら心は信じられないほど軽くなった。

「そんな店をクビになったからって、何を悲しむ必要がある。むしろすっきり縁が切れてかえってよかったんだ」

「でも仕事、なくなっちゃって……」

「人とバイオリンは相棒。そんなの当たり前だろうが。それすら貫けない場所で疲弊《ひへい》するよりよっぽどましだろ」

相変わらずつっけんどんだ。しかし彼がそれだけの男でないことは、もう恵理にもわかっている。

心が軽くなったのは大泣きしたから。本当はたぶん違う。弦城のおかげだ。それが嬉しかった。お前は間違っていないんだ。胸を張っていいんだ。そう、誰かに言ってほしかったのだ。

確かに弦城は、ストラディヴァリウスだ。よい楽器《よい》は、人を導いて助けてくれる。

「で、どうするんだ。予定通り、大地が来たらタクシーで逃げ帰るか？」

わざと意地の悪い問い方をする弦城に、恵理はきっちり首を横に振った。

「帰るのはやめました。ちゃんと彰志さんとお話しして、いろいろ謝りたいですから」

「ふうん」

「それにもしかしたら、話の流れで新しい就職先紹介してもらえるかもですし」

「意外に図々しいな」

「冗談ですよ！」

「言っておくが、大地にあんたを雇う余裕はない」

「……わかってます」

日本人の作ったバイオリンなんて、そうそう売れるものではない。弦楽器製作の聖地クレモナで修業したとしても、状況はほぼ変わらない。今のクレモナの製作学校には日本人も多く、賞でも取らねば日も当たらない。個人の工房が修理調整で食いつなぎ、ぎりぎりで回っているものだということは、恵理もよく知っている。

「ならいいが」と弦城は息を吐いた。

「じゃあ、大地が来るまでこいつについてでも考えててくれ」

その視線の先にあるのは、呪いのバイオリン。

恵理は、わかりましたとうなずいた。

「考えてみます。弦城さんと彰志さんにはお世話になったので、なんとか力になりたいです」

「それは心強いな」

言葉に反し、まったくそう思っていなさそうな声が返ってきて、惠理は苦笑してしまった。全然期待されてない。まあ、当たり前か。でも、大地と弦城のために力になりたいという気持ちは本当だ。惠理は気を取り直して手を動かしはじめた。

惠理よりはるかにバイオリンに詳しい大地がすでに調べた本体を、重ねて調べても仕方ないだろう。傍《かたわ》らに置いてあった、呪いのバイオリンの入っていたケースを手に取る。いろいろ入っているようだ。とりあえずテーブルの上に並べてみようか。

まずは二本、弓が入っている。ちらりと見てみたが、特におかしいところはないようだ。それから肩当て、弓に塗る松ヤニ。それと松ヤニをぬぐう布が二枚に、今張ってある弦が入っていただろう小袋が、それぞれの弦の分で四つ。すべて取り出す。

よく見ると小袋にはそれぞれに古い弦が入っていた。おそらくは今の弦の前に張ってあったものだ。容子が最後に使っていた弦だろう。それも一応取り出しておこう。

そうやって手を動かしながら、惠理は考えていた。

音を出すことを拒否するバイオリン。

やはり満《みつる》が言うように、この楽器は道久《みちひさ》たちを恨んでいるのだろうか。

「あの、弦城さん」

「なんだ」

「さっき、人間と楽器が相棒なのは当たり前。そう言ってくださいましたよね。そのあたり、もうすこし聞いてもいいですか？　楽器の方は人間のことをどう思ってるか、とか」

「そんなの聞いてどうする」

「いえ、その……さっき、満さんからは話を聞けましたけど、それって人間側の考えですよね。このバイオリンの気持ちを考えてみようかな、と思いまして。せっかく弦城さんがいらっしゃるので」

「なんだ。黙ってると思ったら真面目に考えてたのか」

「もちろんです！」

なんだと思っているのだろう。憤慨《ふんがい》していると、弦城は一言、「同じだ」と言った。

「同じ？」

「楽器の方だって、気持ちはたいして変わらない。俺たちは極めて人に近いモノだ。それはわかるだろ」

「はい。……なんとなくは」

よいバイオリンは成長する。まっさらの新品よりも、年を経《へ》て木材が枯れてきた楽器や、人によく弾きこまれた楽器の方がはるかにのびのびと響くというのは、恵理もよく知るところだ。加齢と経験がよい方に作用するバイオリンは、どんなモノより人に近い。

「だから、人間と考え方に大差はない。これは、という相棒に出会ったら、そいつを大事に思うし、一緒にいたいと思う」

「なるほど」

「あえて違いを挙げれば、俺たちは自分で相棒を選べない。幸運な出会いならばそれでいい。だが弾かれたくない奴に弾かれることはままあるし、こちらからは普通は拒否できない」

こういう手を使わない限りは。そう弦城は、呪いのバイオリンに目を落とした。

「こういう手ってつまり、音を出なくして、弾かれないようにするってことですか」

「そうだな」

「じゃあこのバイオリンは、相棒だった容子《ようこ》さん以外……というか、新しい相棒になるはずの道久くんに弾かれたくないから、E線の音を出さないんですね」

「と、俺は思っている。楽器にとっては、誰に弾かれるかが一番大事だ。自衛していると考えるのが自然だろう」

「そうすると、恨んでいるかは置いておくとしても、バイオリンが道久くんを拒否しているという点に関しては、満さんの言い分どおりなんですかね」

「その可能性も高いな」

「そっか……」

　G線、D線。くるりと輪を描くように巻かれた古弦《ふるげん》を、一本一本袋から出して並べながら、恵理はふと思った。

「もしかして」と弦城を見やる。「弦城さんも、それで音が出なくなってらっしゃるんですか」

「は？」

「いえ、その、弦城さんも、気に入らない誰かに弾かれないように自衛してらっしゃるのかな、と」

「……俺の話をしてるんじゃないんだが」

　じろりと睨まれ、恵理はしまったと思った。どうやら尋ねるべきでないことを口に出してしまったようだ。

「いえ、その、すいません」

「言っておくが、俺とこいつの事情は全然違う。俺には俺の事情があるんだ。それがなにかは、告げるつもりはないが」

「そうですよね。すいません」

「でも」と弦城は、恵理から視線をはずしてつぶやいた。

「俺は別に、特定の誰かを拒否しているわけではない、とだけは言っておこう。むしろ逆だ」

逆？　どういう意味だろう。

「誰か弾いてほしい人がいて、その人を待っているってことですか？」

「違う、そういう意味じゃ」

弦城はそこまで言って、なにごとかを急に思いついたように黙りこんだ。

「どうしました？」

「いや、もしかして、と思うことが……」

同時に恵理は恵理で、はっと気づいたことがあった。

「あれ？　これ、もしかして」

テーブルに並べていた古い弦と、今、容子のバイオリンに張ってある弦を何度も見比べる。

「……どうした」

「いえ、今、容子さんが生前使ってた弦を見てたんですけど、これ、今楽器に張ってある

E線とブランドが違わないですか？」

「違う？」

「ほら見てください。弦に巻いてある糸。全然色が違いますよね。容子さんが張っていた弦は、端が赤い糸。でも今張ってある弦のものは紫です」

弦城が身を乗り出す。

「確かに違うな」

バイオリンの弦には、両端に糸が巻いてある。その色や模様は、それぞれのブランドやメーカーでまったく違う。その弦がどんな種類か、見て判別できるようになっているのだ。だから一目瞭然《いちもくりようぜん》だった。容子が選んだE線と、今張ってあるE線は、全然別のメーカー、別のブランドのもの。他の三本はまったく同じなのだ。今の弦は紫で、昔の弦もE線以外は紫。今この楽器に張ってる弦のうち、E線だけが、容子が選んだものではない。

「まさかこの楽器、それでE線だけ鳴らないんですかね？　他の弦は容子さんの選んだものと同じですけど、E線だけ違うから、それが不満で」

「……可能性はあるな」

弦城がテーブルの上を眺め、ぽつりとつぶやいた。と思えば恵理に顔を近づける。

「おい」

「な、なんです」

「大地に電話をかけろ」

弦城は電話番号を諳《そら》んじた。どうも大地に、容子が張っていた弦の新品を持ってこさせようという魂胆《こんたん》らしい。

「あんたが言うとおり、弦の種類が不満の原因なのか確認する。もしそうなら、それを足がかりにこの一家とバイオリンの問題が解決できるかもしれない」

「え、ほんとうですか?」

弦城はうなずいた。

「俺の方も少し、思い浮かんだことがあってな。あんたのヒントも役に立ちそうだ。まあ、あとで話そう。電話はかけたな。なら俺の口と耳にそれ当てておけ。俺がしゃべる」

恵理は慌《あわ》てて携帯電話を掲げた。変な気分だ。確実にそこにいるし、声も聞こえるのに、この男はやっぱり人間じゃない。

そのうちに電話が繋がったようで、弦城は口を開いた。

「大地か? 俺だ。……彼女は大丈夫だ。……いじめてるわけないだろうが! もうとっくに元気になってる」

会話が予想できて、恵理は申し訳なく思った。大地には心配をかけてしまっている。あとでちゃんと謝らなくては。

「それよりお前、今どこだ。出るところ？　ならちょうどいい」

　弦城は弦を持ってくるように言うと、なるべく早く来るようにと念押しして電話を終えた。

「あの、彰志《あやし》さん。私」

「あ、いいですよいいですよ。それはもう」

　やってきた大地は、にこにこと笑った。

「詳しいことはこいつに聞きましたから」

　そう言って弦城を指さす。

　大地が到着したとき、二人で話したいことがあるからと言われて恵理は少し席をはずしていた。きっとそのあいだに話をしてくれたのだろう。

「それよりヒント、見つけたらしいじゃないですか。さすがです」

「いえ、たいしたことじゃないんです。それに調べる気になれたのは、弦城さんが話を聞いてくれたおかげです。ほんと、救われました」

「別に俺はなにもしてない。気のせいじゃないか」

「なんだお前。照れてんのか？」

弦城は、からかう大地を無視して続ける。

「だいたい、まだ推測が正しいかはわからない。まずは裏付けをとって、本当の解決はそのあとだ。お前は無駄口叩かず弦を張れ」

「はいはい。わかったよ」

大地は先ほど自分で持ってきた新たな弦を、相変わらず手早い動きで容子のバイオリンに張った。すぐに「よし、できた」と恵理たちの方を向き、弦を張り直したばかりの容子のバイオリンを軽く構える。

「鳴らしてみるぞ」

みなの視線が、バイオリンに注がれる。恵理もごくりと息を呑んだ。大地は駒《こま》のあたりに右手を添えると、親指でそっとE線をはじいた。

軽い音が響く。

「おお」「鳴った……」

確かにE線の音だ。大地と恵理は顔を見合わせて、それから笑顔になった。

「鳴りましたよ富沢さん！　よかった、これで解決ですね」

「やっぱり、張ってあるのが容子さんの選んだ弦ではなかったのが、鳴らない原因だったんですね」

「いやほんとよかった、満さんの言うように、恨みとかだったらどうしようって思ってたんです。でも単に弦の種類の問題だった。いや、終わってみれば簡単でしたね」

「張り替えれば済むってことですもんね」

安堵《あんど》もあって、はしゃいだように惠理と大地は語り合う。しかしそこに、「なに言ってるんだ、お前たちは」と弦城が冷や水を浴びせた。

「え、なにって」

ぽかんとした二人に、弦城は顔をしかめる。

「解決なわけあるか。これはただ、こいつの抱《かか》える本当の問題への糸口に過ぎない」

本当の問題？

「鳴るようになった、だけじゃだめってことですか？」

「当たり前だ。考えてみろ。容子の選んだ弦を張って、こいつの機嫌が直った。それがなんになる？　もう容子はいないのに」

いいか、と弦城は続けた。

「容子が使っていたときと同じ状態にすれば鳴るということはつまり、この楽器がいまだに容子にこだわっているってことだ。次の主《あるじ》、道久を受け入れるつもりがないってことだ。

それじゃだめなんだ。お互いが認め、受け入れてこそ、楽器と奏者は新たな音楽を作りだせる。このままじゃこの楽器は死んでいるのも同然。なんの解決にもなってない」

そう言われて、恵理も大地もしゅんとなった。

同じバイオリンである弦城には、容子の楽器の感情が手に取るようにわかるのだろう。確かに音が出たからといって、それで解決とはならないのかもしれない。本当の意味で楽器と道久それぞれが、互いを新たな相棒として認めなければ、なにも先には進まないのだ。

「でも、どうすればいいんでしょう」恵理は困って言った。

「この楽器に、相棒だった容子さんにこだわることをやめて、道久くんを受け入れさせることなんてできるんでしょうか」

限りなく無理に思える。しかし、「できなくはないと俺は思うが」と弦城は返した。

「それどころか、俺たちがうまいことやれば、楽器の問題もこの一家の問題も、一気に解決できるかもしれない」

「どういうことだ弦城。策でもあるのか」

「一応な」

これから言うからよく聞いておけ、と弦城は、思わず身を乗り出した恵理たちに言った。

「そして聞き終わったら一家を集めろ。結局楽器の問題が解決するかは、あの一家の問題が解決するかにかかっている」

ほどなくして、容子の部屋に人が集められた。二昭《じしょう》満に、その息子の貞秋《さだあき》。孫の道久は、母の腕の中からこちらを見上げている。その視線の中、惠理は意を決して「まずみなさんにお伝えしたいのは」と口を開いた。大地は、ヒントを見つけた惠理が説明するべきと言って譲らなかったのだ。

「お伝えしたいのは、この楽器の不調の原因は、容子さんの死に関して誰かを責めたり恨んだりしているせいでは決してない、ということです」

「そんなわけはない」と満が首を振る。「ならばなぜ音の出ない弦がある」

「待ってるからです」

「待っている?」

はい、と惠理は楽器を手に取った。

「この楽器は容子さんを待っている。ただそれだけなんです。その証拠に道久くん、ちょっと弦をはじいてもらえませんか?」

道久は不思議そうな目で惠理を見上げたが、やがておずおずと呪いのバイオリンの弦をはじいた。G、D、A。そして最後の一本、鳴らなかったE線。

ぽん、と軽い音が響いた。

「音が出た……」

驚く満たちの前で、「そうなんです」恵理はほっとして言葉を続ける。

「この楽器、今は音が出るんです。だって今この楽器に張ってあるのは、さっきまでの弦じゃなく、『容子さんが選んだ』弦ですから」

そして二つの袋を掲げる。どちらもE線の替え弦だ。別のブランドのものだが。

「実は今張ってある弦は、容子さんがかつて張っていたのと同じ弦の新品です。でもさっきまで張ってあったのはそれとは異なる、他の三本の弦と同ブランドのものなんです。容子さん、一番高音が出るE線だけ、他とは別のブランドの弦を張っていたんですね」

「E線だけ別？　なぜ母はそんな面倒なことをしていたんです。全部、同じブランドで揃《そろ》えて張るのが普通じゃないんですか」

「意外とそうでもないんです」と大地が答えた。「こうやってE線だけ別の弦を張るっていうのもよくあることです。それが楽器と奏者のベストなのであれば」

「ベスト、ですか」

「ええ、弦にも個性がありますからね。自分たちの音を一番引き出してくれるのは、どんな弦の組み合わせなのか。奏者はそれをよく考えて弦を選びます。これという正解があるわけじゃなく、楽器ごと、同じ楽器でも誰が弾くかでベストは違いますから。大事なのは、容子さんとこのバイオリンは、この弦の組み合わせが二人のベストと思っていたということです。それは容子さんと楽器、二人が長い年月をかけて選んだもので、互いの信頼の証《あかし》だったんです」

でもなにも知らない貞秋が楽器店に張らせたのは、E線だけ容子の意志とは別の弦。当然、楽器は『これではない、これは違う』と考える。

「それでE線だけ音が出なくなったということですか」

「ええ。逆に言えば」

ただそれだけなんです、と大地は続けた。

「この楽器の音が出なかったのは、『誰かへの恨みを示すため』でも『道久くんに弾かれないようにするため』でもありません。ただ、容子さんの選んだ弦を張ってほしかっただけなんですね」

「なるほど……」唸《うな》ってから貞秋は、でも、とまた首をかしげた。

「しかしどうしてこの楽器はそこまでして、母の選んだ弦を張ってほしかったのでしょう」

「それは富沢から説明します。富沢さん、お願いしますよ」

「え？　あ、はい！」

慌てて惠理は弦城の言葉を思い返した。

「ここからは私たちの想像も入りますが」と前置きして続ける。

「先ほども言いましたとおり、この楽器は、容子さんを待っているんです。道久くんと同じに」

「道久と同じ？」

「はい」

惠理は、話をよくわかっていない小さな少年を見つめ、そして満と貞秋を見つめた。

「そして、ここにいるみなさんとも同じです。この楽器は、容子さんの死を受け入れられていない。きっと帰ってくる。まだそう信じているんです。いえ、本当はわかっているけれど、そう信じたがっているんです」

だから弦を張り直してほしいと訴えた。容子のバイオリンは思ったのだ。彼の相棒、容子はいつか、絶対に帰ってくる。だから待っていなければいけない。容子と楽器、二人の選んだ最高の状態で。

「……そうだったのですか」

口を真一文字に引き結んだまま黙っている父、満の横で、貞秋は肩を落とした。

「それではこの楽器は道久にはやらず、母の部屋に置いておくのがいいのかもしれませんね。母を待っているのであれば――」

「いえ、できることならば、それはやめていただきたいです」

口を挟んだのは大地だった。

「楽器は人に使われてこそのものです。もういない人を待ち続けるなんて、不幸以外のなにものでもない」

「じゃあ、どうすればいいのです」

「満さん、あなたがその楽器を、道久くんに渡してください」

「私が?」

名指しされた満の表情はたちまち険《けわ》しくなる。けれど大地は物怖《ものお》じせずに続けた。

「みなさんが容子さんの死を悲しんでいるのはわかります。だからって後ろを向いていては始まらないんです。容子さんは亡くなった。でもその想いは繋がっている。容子さんの愛した楽器と、愛した孫にそう伝えて、新しい関係を築かせなきゃなりません。それこそが、この問題の真の解決なんです。そしてそれができるのは、容子さんのもう一人の相棒であった満さん、あなたなんです」

というのは、弦城の受け売りですけど。大地はそう小さく付け加えてから続けた。

「お願いできますか」

口を引き結んだ満に、恵理はそっとバイオリンを差し出す。しかし満は受け取ろうとしなかった。

「妻を待っている、か。本当だろうか」

長い沈黙のあと、満はぽつりと言った。その声には、先ほどまでの威厳はない。弱々しく、寄る辺《べ》なく、すがるようにさえ聞こえる。

「あんたがたの言うことは、難しくてよくわからん。私は楽器など弾けなかった。容子が弾くのを聴いていただけだった。私にはやはり、この楽器が私たちを恨んでるようにしか思えない」

「そんなことはありません」

「証拠はあるのか？」

「それはないですが……満さんが道久くんとバイオリンの架け橋になってくれれば、おのずと明らかになるかと」

「証拠がないなら、そんな役目は拒否する」

「父さん」

「この楽器が私を恨んでいることくらい、私にだってわかっている。なんせ私は、この楽器の相棒を――容子を、見殺しにしてしまったからな」

「父さん！　そんなことはないって言ってるだろう。父さんができる限りのことをやったのは、皆知っている」

　貞秋の声にも、満は固く首を振った。

「いや、私が奪ったんだ。貞秋から母を、道久から祖母を。そしてこの楽器からは、相棒を奪ってしまった。皆、私を恨んでいるだろう」

　満の声には、深く後悔がにじむようだった。やっぱり、と惠理ははっきり悟った。やはり満は自分を責めている。家族は、楽器は、なによりも容子は、自分を恨んでいるに違いない、そうされても仕方ないことを自分はした。決して許されない。

　尊大な態度の陰で、満は追いつめられている。貞秋や道久への苛立ちは、苦しい心中の裏返しだったのだ。

　貞秋もよくわかっているのだろう、「そんなことはないよ、父さん」と父親を慰める。しかし満は頑《かたく》なだった。

「大人は口ではなんとでも言える。だが楽器と子どもは正直だ。この楽器は私を許さんだろう。私がなにを言ったとて、聞く耳など持つまい。きっと道久も……」

　震えかけた声を隠すように、満は口を引き結んだ。

大地が困ったように惠理を見やった。

許さないわけないと言いたいのだろう。変わらず花の生けられた容子の私室を見れば、満が容子を愛していたことは誰にでもわかる。それに深く愛していたからこそ、満は自分を責め続けているわけで、そんな二人を長い間、一番近くで見ていたバイオリンが、満を恨むなんてありえない。道久だってそうだ。

でも惠理や大地がそう言ったところで、この老人が納得してくれるとも思えない。

惠理が、自分たちの無力を感じたときだった。

ばち。

急になにかが、惠理の背中の方で音を立てた。同時に、惠理たちと向かい合っていた満や貞秋の顔色が青くなる。

「……どうしました?」

「いえその、今、そこの楽器ケースから勝手に音が」

と貞秋が指さしたのは、テーブルに置いておいた弦城のケースだ。はっと周りを見渡すと、さっきまでいたはずの人の姿をした弦城がいない。

と思ったときには、露《あらわ》になったバイオリンの『弦城』から、めちゃくちゃな不協和音が放たれた。満たちの顔色がますます青くなる。

「勝手に楽器が鳴るとは……」「『怪《あや》しいバイオリン』の噂は、本当だったんですね」

「いえまさか違いますよ！」

大地といえば、青を通り越して蒼白になっていた。『音が出ない』と『勝手に鳴る』とでは、まずさ度合いがまったく違う。慌ててケースに駆けより、「おい黙れお前」蓋《ふた》を無理やり閉める。無事に音は途切れた。しかし今さら遅い。呆然《ぼうぜん》の表情で、二昭一家は弦城を見つめている。

「えっとこれはですね、別に怪しい現象とかじゃ全然なくてですね、あのー、なんていうんですかね」

大地は息をつく間もなくごまかしにかかった。しかし焦《あせ》りすぎて、言い訳にもなっていない。惠理がはらはら見ていると、

「おい、あんた。早く大地を黙らせて、俺がこれから言うことをあの一家に伝えろ」

いつの間にか、また弦城が惠理のそばに立っていた。

なにやってるんです！　そんな意味を込めた惠理の視線にも動じない。

「いいから俺が言うとおりにしろ。それでたぶんどうにかなるから」

どうにかなる？　本当だろうか？

「大丈夫だ、俺を信じろ」

そう言われると先ほど救われた手前、頼もしく思えてきてしまう。根拠はやっぱり謎だが。でも惠理は、とにかく弦城を信じることにした。わかりました、教えてください。と目顔で答える。

そのあいだにも大地の言い訳は続いている。

「えーとだから、これは怪異現象ではなくてですね、どちらかというとその、最新のテクノロジー的なものなんですよ。だっておかしいじゃないですか。楽器が勝手に音を出せるわけないでしょう?」

「いや、確かに見たし聞いた。勝手に楽器が鳴っていた」

「いやだからそれは最新の——」

惠理は思いきって声をかけた。

「もうやめましょう、彰志さん。本当のことを言いましょう」

「ええ? 富沢さん?」

「弦城さんの策なんです」

勘弁してくれと言いたげな大地に、惠理は二昭一家に聞こえないようにささやく。

「これでたぶん解決するから、信用してくれって」

「解決?」

「はい。私に任《まか》せてください」

本当か、と言いたげな顔をしたが、大地はやがて息を吐き出した。観念したらしい。

「了解です。じゃあ任せます」

恵理はうなずき、緊張を抑えるように短く息を吸う。それから満を見つめて言った。

「『楽器がお前を恨んでる？　馬鹿なことを言うな、満』」

その場の全員がぎょっとした。満も例外ではなかったが、すぐに眉を逆立てた。

「……突然なにさまだね、君は」

そうだろう、そう思うだろう。でも仕方ない、と恵理はひるみそうな自分を奮《ふる》い立たせた。これは恵理の言葉ではない。弦城が言ったことを、そのまま伝えているに過ぎない。もう少し言いようがあった気もするが、弦城が始めてしまったからには、恵理はイタコのごとく繰り返すしかないのだ。

隣に立っている弦城は、鮮やかな声で続けた。

「勝手に恨んでいると決めつけるなんて、本当に馬鹿なことだ。奴がお前を恨むわけはないのに。いいか、奴は俺にこう言った。『容子は幸せだ。俺と満、二人の相棒に恵まれ、よくできた子供や孫に恵まれた。幸せな女だ』と」

恵理は一字一句、漏らさずに復唱する。

「それが紛《まご》うことなき、この楽器の見てきた容子とお前たちなんだ。だからお前はつまらないことばかり考えて、容子の思い出にけちをつけるな。容子が大事なら、容子が大事にしたものを代わりに大事にしろ。それがお前が容子にしてやれることだろうが」

弦城の言葉が続くうちに、次第に満の表情が変わっていった。

「……今のはなんなのです」

「バイオリンからの伝言です」ようやく恵理は、自分自身の言葉で言った。

「伝言？」

「はい。お察しのとおり、私たちのバイオリンは普通じゃありません。魂があるんです。その『彼』が、容子さんのバイオリンの本心を、あなたに伝えようとしていたんです。でも彼の声は普通は聞こえないので、私が代わりにあなたに」

「ほんとうですか、彰志さん」

大地はええ、とうなずいた。うまく話を合わせてくれる。

「僕にも同じく聞こえましたよ。それでよくわかりました。容子さんのバイオリンは、あなたを恨んでいない。あなたと、あなたの家族を愛してます、今も変わらず」

だから、と大地は声に力を込めた。

「だから満さん、どうかお願いです。僕らのバイオリンの言うように、容子さんの大事にしたものを、守ってみてはくれませんか。容子さんの願った未来を、みんなに見せてやってくれませんか」

「容子の願った……」

満はその皺《しわ》の刻まれた顔を容子のバイオリンに向けて黙りこんだ。いつしか横顔には、感情があふれかけている。しかし満は、すんでのところで冷静な医者の顔を取り戻し、微笑んで息をついた。

「わかりました。そのバイオリン、貸していただけますか」


いらない。それはばあちゃんのだから。

そう泣く道久に、二昭満は根気よく説いた。ばあちゃんは死んだ。もういないんだ。でもばあちゃんは、お前にこの楽器を預けていくと言っていた。お前がばあちゃんのことを好きだったから、ばあちゃんの弾く楽器の音が好きだったから、お前に任せるんだと。

この楽器には、ばあちゃんの想いと思い出がつまっている。じいちゃんは、それをお前に、大事に守って育ててほしい。

そしていつかじいちゃんに、この楽器の音を聴かせてくれ。約束だ。

道久は真っ赤な目を腫《は》らし、でも最後には、力強く祖父に小指を差し出した。

「わかった。約束する」

大地は店から持ってきたバイオリン弦を取り出すと、もう一度、E線を交換した。容子が自分と楽器のために選んだ弦から、小さな道久にも音の出しやすい別の弦へ。駒の傾きをチェックして、満に差し出す。満はゆっくりりと、一本一本弦をはじいていった。
G、D、A。そして最後に、E。
四つの音色が、主のいなくなった部屋に響く。容子ではなく新たな主のための弦を、新たな相棒との未来を、バイオリンは受け入れた。

そしてその場のすべての人々が、容子を静かに見送った。


「世話になったね。彰志さんと富沢さん」

「本当にありがとうございました」

門の前で満と貞秋、そして大事そうにバイオリンケースを抱えた道久に見送られる。

「いえ、解決できてよかったです」

「もしこんな問題が起きたらあなたのところに頼むように、知り合いや患者にそれとなく紹介しておこう。大丈夫、今日の詳細は約束どおり口外しない」

「ありがたいです」

大地は苦笑していた。大地としてはありがたいような、ありがたくないような、そんな感じなのだろう。

「ほら道久、お前もお兄ちゃんとお姉ちゃんにお礼を言いなさい」

「ありがとございました」

ぎゅっとケースを抱いた六歳児に上目遣《うわめづか》いで見つめられ、大地も恵理も、自然と笑みがこぼれる。

しかし、「おい、俺は疲れた。先に行ってるからな」と急《せ》かすような声が後ろから降りかかり、それで二昭一家に別れを告げることになった。慌てて声の主《ぬし》を追いかける。

「おい、待て弦城。なにいきなり、勝手に音出したりしてるんだよ。心臓止まりそうになったぞ」

「仕方ないだろ。ああでもしてアピールしないと、いくらお前たちの口を借りても、説得力がなかった」

弦城は、本当に容子の楽器と会話したわけでも伝言を伝えたわけでもない。あれは全部、彼が勝手に考えたのだ。わざわざ自分が普通の楽器でないことを示したのも、満が自分の言葉を信じられるようにとの気遣いだったのだろう。

「いやわかってるよ、わかってるけどさあ」と大地は肩を落とした。

「これじゃまたうちの店、怪しいだのなんだの言われるよなあ」

「じゃあなんだ。他にいい解決法があったのか？」

「ない、ないよ。それもわかってる。お前はよくやった。富沢さんもありがとうございました。助かりましたよ」

「だったら四の五の言うな、まったく」

「でも意外だったんだよ俺は。お前今まではさ、こういう仕事でも我関せずだっただろ。なのにいきなり解決に奔走《ほんそう》。びっくりしたよ。なにがあった？」

「別になにも。気が向いただけだ」

「ふうん」と大地はにやりとした。

「なんだ」

「いや。富沢さんに、いいところ見せたかったんだろうなーって思って。そう思いませんか？　富沢さんも」

「え？　それは、えっと……」

　恵理が答えあぐねているうちに弦城は、不機嫌極まる表情で大地を睨んだ。と思うと、

「くそ、慣れないことなんてするんじゃなかった。慣れないことをするとすぐこれだ。俺は寝る。あとは勝手に帰れ」

そう言ってかき消えた。

「おいおい、冗談だよ弦城、拗ねるなよ」

大地は背負ったバイオリンケースをおかしそうに指で叩いて、ひとしきり笑った。それから惠理に目を向けた。

「ほんと、ありがとうございました、富沢さん。助かりましたよ」

「いえ、そんな。でも……よかったんでしょうか。ある意味、満さんに嘘をついちゃったわけで」

いいんじゃないですか、と大地は軽く答えた。

「きっとあのバイオリンも、弦城と同じように思ってるでしょう。それにあいつの言葉がきっかけで、あの家族が前を向けるようになるなら悪くはない」

そうかもしれない、と惠理も思う。弦城はあの一家を救ったのだろう。惠理にしてくれたように。

「しかし富沢さんもさすがですね。あんな急でわけわかんない弦城のアイデア、よく拾いましたよほんと。弦の件もですけど、あなたがいなかったらどうなっていたことか」

「いえ、弦城さんのおかげですよ」

「いやいや、富沢さんがいなかったら、解決に至ってないのはほんとですよ。あの気むずかしくて面倒くさい弦城と、ちゃんとコミュニケーションとれるなんて奇跡ですよ。すごいです。俺、最初めちゃくちゃ大変だったんですから」

と力説したあと、「と、いうわけで」と大地は改まった。

「提案なんですけど……富沢さん。うちの店で働いてくれませんか？」

「え？」

恵理は一瞬なにを言われたのかわからなかった。まじまじと大地を見つめたあと、ぽつりと尋ねる。

「いいん、ですか？」

「もちろんですよ！　ほら、俺一人でやってるんで、いろいろ手伝ってくれる人がいると助かるんです。こういう面倒な案件に時間を割かれそうな時、富沢さんが弦城と行ってくれれば、俺は本業の方に専念できます。あ、もちろんあれですよ、富沢さんに工房だって手伝ってほしいんです。大手で働いてたなら、大手のノウハウを知ってるわけで……」

恵理の瞳に、涙がみるみる満ちてきた。あっという間に大地の顔がぼやけていく。

「え、富沢さん、泣かなくても……」

「ごめんなさい。いえ、ありがとうございます」

「働いてくれます？」

恵理は涙を拭《ふ》いて顔を上げ、「もちろんです。よろこんで」と答えた。それから思いきり頭を下げる。

「あの、がんばります！　よろしくお願いします！」

「あはは、いいですよそんな」

相変わらず優しい大地に、恵理の胸はいっぱいになった。朝、ケヤキ並木を見上げていたときは、こんないい人たちに会えるなんて思ってもみなかった。夢を見てるんじゃないだろうか。

でもそこで、ふと弦城の言葉を思い出して不安になった。大地にはお前を雇う余裕なんてない。働かせてくれなんて頼むな。確か弦城はそう言っていたが。

「あの、彰志さん、本当にいいんですか？」

「なにがです？」

「私を雇ってくださって、その、お店の方は」

「ああ、金は心配しないでください。確かにかつかつですけど、でも弦城のおかげで、わけわかんない仕事がときどき降ってわきますから、富沢さん一人を雇う金くらいあります。たくさんは払えないかもで申し訳ないですけど」

「いえ、それは全然いいんです。でも」

手に力が入る。

「弦城さんに言われたんです。彰志さんに働かせてくれなんて頼むなって」

「弦城が？」

訝《いぶか》しげに見つめられ、恵理は慌てて首を横に振った。

「いえ、私別に、弦城さんに口添えしてもらおうとか思ってたわけじゃないんです。ただ話の流れでというかその……って、どうして笑っていらっしゃるんです？」

「いえ、その」

大地は一生懸命笑いをこらえようと頰を震わせていたが、とうとう腹を抱えて笑いだした。

「あいつそんなこと言ったんですか？　はあ、なるほどね」

「なるほど……？　どういう意味です」

「あいつが言ったんですよ」

「え？」

「さっき俺が戻ってきたとき、あいつ俺と二人で話したがったでしょう？　そのとき留守のあいだの出来事を報告されて、最後に頼まれたんですよ。あなたを雇ってくれって」

「え、そう、なんですか？」

「もちろん俺も全然異存はないし、むしろ賛成だったからいいんですけど……それにしてもあいつ、あなたにはそんな態度とったんですね。いやあ、なんですかね。こういうの、ツンデレって言うんですか？　ちょっと違いますかね？」

瞬《また》く間に顔が熱くなってくる。

笑う大地の背中には弦城のケース。自然と目がいって、恵理は慌てて逸《そ》らしてしまった。

「さ、帰りましょうか。これから楽しくなりそうですね」

大地の笑い声が、さわやかな五月の夕空に響きわたった。

第二楽章

惠理《えり》はハッピームジークを正式に退職した。最後の出社日は頭を下げて、店長にこれまで世話になった礼を告げた。つらいことや理不尽《りふじん》なことも多くあったが、自分が会社の方針に逆らったのがクビの直接の原因なのは承知している。今まで暮らせたのがハッピームジークのおかげであるのも確かだった。店長はいつもどおり渋い顔をしていたが、最後には「まあ、がんばれ」と言ってくれた。

店を出た途端、惠理は自分の中に最後まで残っていた淀《よど》んだ空気が、ことごとく出ていったのを感じた。実感がじわじわとわき上がり、思いきり伸びをする。

とうとう、新しい日々が始まるのだ。

そして満を持して、惠理は仙台《せんだい》へ引っ越した。

「では改めて、富沢《とみざわ》さんの来仙《らいせん》を祝い乾杯！」

大地《だいち》の音頭《おんど》とともに、グラスが音を立てる。場所は仙台中心部、サンモール一番町のアーケードから少し入った、大地贔屓《ひいき》の個室居酒屋。引っ越し当夜の歓迎会だ。主賓《しゅひん》の惠理に大地。それから弦城《げんじょう》。飲み食いできない彼だが、もちろんグラスは用意されている。そしてもう一人、あやしバイオリンの入っている二階建てのビル、『八乙女一番丁《やおとめいちばんちょう》ビルディング』の主《あるじ》である若い女性、八乙女杏奈《あんな》の四人が卓を囲んでいた。

「今日はみなさん、掃除から本棚の組み立てから、手伝っていただき本当にありがとうございました。おかげで無事引っ越しも済みました」

　頭を下げた惠理に、いえいえ、と大地が笑った。

「お役に立ててよかったですよ。なあ弦城」

「俺はなにもしてないがな」

「そんなことないです弦城さん。階段上がるときとか、死角を見ててもらえてすごく運びやすかったです。ありがとうございました」

　惠理の明るい声に、弦城は一瞬言葉につまって、それから顔を逸《そ》らした。

「別に、感謝されるほどのことじゃない」

「なになに？　弦城くん、今なんて言ったの？　聞こえなかったから、もう一回言って」

　杏奈が興味津々《しんしん》に乗り出す。

「誰が言うか」

「じゃあ俺が代わりに言います。こいつ、『富沢さんの役に立てて、俺、すっごく嬉しい』って言ってましたよ」

「え、そうなの？　意外」

「言ってないだろうが！　適当言うな、大地」

「いやいや、確かに言った。俺はこの耳で聞いたからな」

「やだ、弦城くん、もしかして恵理ちゃんのこと好きなの」

「どうなんでしょうねえ」

「おい大地、いいかげんにしろよ」

杏奈はおかしそうに笑い声をあげた。

杏奈は、恵理が来るまでは大地の他に唯一《ゆいいつ》、弦城が見える人間だった。といっても彼女には、大地や恵理ほどはっきり見えるわけではないらしいが、それでも心強い、欠くことのできない協力者だ。そもそも杏奈がほとんどただのような賃料でビルを貸してくれているから、大地の仕事は成り立っているようなものだ。大地の大学オケの二年先輩であった杏奈は、彼女の亡き夫とともに、大地の最初の、そして最大の理解者だった。

恵理も今回の引っ越しでは、杏奈にいろんな面で助けてもらった。住む場所を提供してもらえたのが、なによりも嬉しい。あやしバイオリン工房の二階の一角を、家賃なしで貸してくれたのだ。昔は事務所だったという商業用の間取りを無理やり区切っただけの部屋だが、それでもとてもありがたかった。

「ごめんね恵理ちゃん。あの部屋、狭くて過ごしにくいと思うけど」

「いえいえ、そんなことありません！　十分ですよ。本当に助かりました」

「そう言ってくれると嬉しいけど……でも、嫌だったら嫌って言ってくれていいんだよ。

だって、一応男女分かれてるっていってもトイレとシャワー室は共用廊下にあるし、キッチンは給湯室を改造したのだし、それよりなにより、この人たちと同棲《どうせい》になっちゃうし」

この人たち、と弦城とまとめて指さされ、大地がむせた。

「ちょっと、誤解のある言い方やめてくださいよ、杏奈さん。同棲とか……」

「でもそうじゃない？　彰志《あやし》くんたちだって、あのビルに住んでるんだし」

「そうですけど、ちゃんと個室には鍵《かぎ》かかりますから！」

「なに言ってんだ、当たり前だろうが」

弦城の冷静なつっこみに、恵理は苦笑いした。杏奈の言うとおり、あやしバイオリン工房の二階には個室が三つあって、そのうちの二つにはすでに弦城と大地がそれぞれ暮らしている。弦城の場合、その本体は一階の金庫にしまわれるし、化《ば》けて出ているほうにも当然部屋なんていらないのだが、なるべく人間に近い生活をするのにこだわっている彼のために一応用意されているのだ。どちらにしても、彼らとはこれから一日中、嫌でも顔を合わせるようになるだろう。少し緊張するのも確かだった。

「大丈夫ですよ、富沢さん。俺、料理だけは結構得意ですから。ばんばん修理で儲《もう》けて、金稼《かせ》いで、それで旨《うま》いもの食べましょう！」

よくわからない方向から、大地が励ましてくれる。確かに、昼間食べた大地作の仙台麩《せんだいふ》の卵とじ丼はびっくりするほどおいしかったけれど。

「ちょっと彰志くん、そこは『俺の楽器をばんばん売って』じゃないの」

「できればそうしたいですけどね、イタリアとかの製作者コンクールで入賞でもしない限り、それは無理ですね！　日本人の楽器なんてほぼ売れないですから」

笑ってビールをあおる大地に、恵理は切実な思いを感じた。気持ちはよくわかる。

日本人製作者の前途は途方もなく厳しい。あの、恵理が売れなかったグレゴリアスと比べるだけで明らかだ。大地の楽器は、木の選定から始まり、板を曲げ、削り、渦巻きを削りだし、すべてを手作業で、長い時間をかけ細心の配慮で作りだしている。でもそんな楽器も値段をつければ、ヨーロッパ製を謳《うた》う量産楽器グレゴリアスと大差ない。結局楽器の値段は良し悪しでなく、ステータスとブランドで決まるから、名もなき日本人作家の楽器にはその程度しか値がつかないのだ。冗談めかしているが、大地も苦労している。

それなのに彼は恵理を受け入れてくれた。仲間として。

がんばらなければと恵理は思った。絶対足手まといにならないように、できる限り力になれるように、大地の優しさに報《むく》いなければ。自然と身が引きしまる。

と、

「おい、なに無駄に気合い入れてるんだ」

弦城が面白くなさそうに話しかけてきた。

「どうせ今、大地のためにがんばらなきゃ、みたいなしょうもない決意固めてたんだろ。やめとけそういうの。あんた絶対、思いつめて空回《からまわ》りするタイプだ。ろくなことにならない」

「い、いいじゃないですか。だいたい空回りとか、別に」

「どう見てもするだろ。こないだのあれで、違うと言われてもな」

「いや、あのそうでしたけど、ご迷惑おかけしましたけど」

恵理は真っ赤になった。あれ、というのは、この業界を捨てようと思いつめていたことだろう。

「でももう今は大丈夫ですから、復活しました。あのときはちょっとおかしかったんです。今はほら」と両手を握ってみせる。「元気ですし、やる気満々ですから」

「だから、それがだめだって言ってるんだが、わかんないのか」

「……わかりません」

新しい生活が始まるのだ。やる気が出るのは当然ではないか。

と、弦城は「商売は細く長くなんだよ」といかにも成功した商人の愛器らしいことを言った。

「商売だけじゃない。なにごともそうだ。最初だけ飛ばしたってだめなんだ」

「それはわかりますけど」

「だったらまず、もっと自然体で笑ってみろ。あんた、やる気やる気言うだけで、体に力が入ってる。一番だめなパターンだ」

「えー笑ってますよ」

「どこが」

どこがって。恵理は困りはてた。普通に笑っているつもりなのだが、弦城にとってはなにか物足りないらしい。

「まさか笑い方がわからないのか？」

「わかります！」

「どうだか」

「弦城さんには言われたくないですよ……」

恵理は口を尖《とが》らせた。弦城こそ、いつもほとんど表情がないではないか。

「ほんとですよねーお前が言うなって感じですよねー」

大地が眉をひそめて話に入ってきた。でもすぐに、恵理に向かってにっこり笑う。

「でも許したげてください。こいつ富沢さんを心配してるだけですから」

「なわけあるか」弦城は間髪《かんはつ》を容《い》れずに答えるが、お構いなく大地はビアジョッキを杏奈に向かって掲《かか》げる。

「ね、杏奈さんもそう思いますよね」

同意の代わりに、杏奈も満面の笑みでジョッキを掲げる。ふざけたように二人は乾杯した。「富沢さんも」と促《うなが》され、惠理も笑顔で応じる。

「意味不明な楽器はほっといて、かんぱーい」

「わかったわかった。酔っ払いどもと会話しようとする俺が間違ってた」

ジョッキがかち合う音に、弦城が呆《あき》れたように言った。

翌日、大地は工房を閉めて、一日かけて惠理を観光に連れていってくれた。前の晩に「どこでもお好きなところへご一緒しますよ」と言ってくれたので、惠理は一晩中ガイドブック片手に迷った。なにせ近郊まで含めれば、仙台周辺には観光地がたくさんあるのだ。松島《まつしま》に塩竈《しおがま》、それから県境を越えればすぐに平泉《ひらいずみ》や山寺《やまでら》。ほかにも見所に事欠かない。とても一日で回れるものでもないので、結局惠理は、仙台市内の有名観光地、青葉城址《あおばじょうし》や伊達政宗《だてまさむね》の墓所である瑞鳳殿《ずいほうでん》、それから彼が建てた大崎八幡宮《おおさきはちまんぐう》へ連れていってもらうことにした。

まずは青葉城址。仙台市街の西に位置する低山、青葉山の中腹にある城址からは、市街が一望できるという。最初に行くのには、一番いい場所だ。

「だからって、歩いて登らなくてもいいだろうが、弦城」

平らに開けた城址に堂々と鎮座《ちんざ》する伊達政宗像の傍《かたわ》らで、大地が息も絶え絶えにバイオリンケースを地面に降ろした。青葉城址は車で来られるのだが、出発直前に弦城が『歩いて登りたい』と言いだしたせいで、恵理たちはわざわざ工房から徒歩でやってきたのだ。

「彰志さん、水ですこれ」疲労困憊《こんぱい》の大地に、恵理は急いで購入してきたペットボトルを手渡した。バイオリンは、ビオラやチェロに比べれば軽い。が、ケースも本体も木製で、木を背負って登っているようなものだ。加えて今日はとても暑い。

ペットボトルの水を半分くらい一気に飲んでから、「すいませんねえほんと」と大地は頭を下げた。

「大丈夫ですか？」

「もちろん、全然」笑ってから、大地は涼しい顔の弦城を睨《にら》んだ。「くそ重い誰かのせいで、ちょっと疲れただけで」

「ただの運動不足だろ。たいした距離でも高さでもない」

「そうかもしれないけどな、俺に担《かつ》いでもらったお前が言うな！」

「仕方ないだろ。俺も足があれば自分で登るが、残念ながらない」

「どうにかしろ！　本体に足でも生やせ！」

「簡単に言うな。できるならやってるし、そもそもそんな必要性を感じない」

大地はこれ以上言っても無駄だと思ったのか「はいはいそうだな」とため息をつき、また水を飲んだ。それから「富沢さんもなんか言ってやってくださいよ」と恵理に訴えた。

「こいつ調子乗ってるんですよ。わかるでしょ？」

恵理は笑って答えた。

「確かに、ちょっと彰志さんがかわいそうな気がします。ありがとうって言ってもいいんじゃないかな、とは」

「でしょーほら聞いたか弦城」

「そんなことより」と弦城はあからさまに話題を変えた。

「なにしに来たのか忘れてるんじゃないか。景色見なくていいのか」

城址の端、切り立った崖《がけ》の方向へ恵理の視線を促す。なかなか手強《てごわ》いな、と苦笑していた恵理の口から、たちまち「わあ」と歓声が漏《も》れた。崖の先は木立が切れていて、そこから仙台の街が一望できるのだ。いてもたってもいられなくなる。

「あの私、あっちで見てきていいですか？」

「どうぞどうぞ。俺はもうちょい休んでるので」

それではと恵理は崖際《がけぎわ》のフェンスに走り寄った。幸運にも快晴、青い空の下に、街がくっきりと広がっている。

「緑だ……」

家もマンションもたくさんある。蛇行《だこう》する川の向こうにはビルが林立している。確かに都会だ。でもそこかしこに緑があふれていた。

やっぱりここは、杜《もり》の都なのだ。

「まあまあの景色だろ。山ありビルあり」

いつの間にか弦城が隣で、同じように景色を眺めていた。

「そうですね」と恵理は笑ってうなずいた。『まあまあ』というのは照れ隠しで、弦城だってなかなか気に入っているのは声音でよくわかったが、それは言わないでおく。

「彰志さんの工房はどこでしょうね。あの細長い木が並んでるあたりですか?」

「いや、ふたつでかいビルがあるだろ。その手前あたりだ。細長い木が並んでるところは大地が昔通ってた大学。散歩するにはなかなかいいところだ」

「仙台駅は?」

「あっちのビルのすぐ右」

「じゃあそのずっと向こうは」

「宮城野《みやぎの》区と若林《わかばやし》区。さらに先は海」

俺は行ったことがないが、きれいなところだそうだよ。弦城の声が柔らかくなって、恵理は霞《かす》む彼方《かなた》に視線を向ける。それから自然と目をつむった。

目を開けると、弦城がこちらを見ていた。「なに考えてた？」

少しだけ考えて答える。

「私がんばります。よろしくお願いしますって」

またそれか、と弦城は呆れる。

「肩の力入りすぎだ」

「そうじゃないんですって。希望に満ちあふれてるんです、私。嬉しくて」

いい場所といい人たちに巡り会えて、本当に私は幸せ者だ。自然とそう思ってしまうのだ。

「わかってくれます？」

「わかるようなわからんような」

でもまあ、と弦城は恵理を見て、わずかに目を細めた。

「その顔できるなら大丈夫なんだろうな。少し安心した」

「やっぱり、心配してくださってたんですね」

「そうじゃない」弦城はすぐに視線をはずす。でも恵理は構わず笑みを浮かべた。

「ありがとうございます」

すべてを音のみで表現してきた楽器ゆえか、弦城はあまり顔に感情を表さない。笑顔に至っては、一度も見たことがない。でも声は感情豊かだ。今も弦城の声には、確かな優しさがにじんでいた。

「いつまでこっち見てるんだ。なんでもないって言ってるだろうが」

「じゃ勝手に言うので、聞いてください。ほんとに感謝してます。弦城さんのおかげでわたし、今すごく楽しいです」

「そりゃどうも」

「ほんとですよ？　何度お礼を言っても言い尽くせません」

「礼なんかいいから」弦城はやれやれというように蛇行する広瀬川《ひろせがわ》に視線を向けた。「感謝してるっていうなら、バイオリンのひとつでも弾《ひ》いて聴かせてくれ。言葉でぐだぐだ言われるより、よっぽど嬉しい」

「えーそれはちょっと」

恵理は笑って頭を振った。演奏以外ならなんでもやるが、それだけは勘弁してほしい。

天下のストラドの鑑賞に堪《た》える演奏など、何度生まれ変わってもできる気がしない。

その後も観光は順調に進んだ。青葉城址を下ると、そのまま御霊屋《おたまや》にある瑞鳳殿へ。閑《かん》静《せい》な住宅街の米ヶ袋《こめがふくろ》を広瀬川沿いにぐるりと回り、片平《かたひら》にある大学を横切り、ようやく一番丁の工房へ帰り着いたときには再び大地は汗だくになっていた。せっかくなので牛タン弁当をアーケードで購入して工房でお昼にする。東京でも時折食べていたが、なかなかのおいしさだ。それから大崎八幡宮へ。少々遠いので、さすがに車で行った。かつてそのあたりのアパートに住んでいたという大地の話を楽しく聞きつつ、拝観する。

行った場所はどこもみな、豪華絢爛《けんらん》で堂々としていた。きれいなのはもちろんだが、仙台という土地と、そこに住む人々の気概《きがい》を感じるような気がして、自然気が引きしまる。

それを話すと、わかります、と大地はうなずいていてくれた。

夜、惠理は自室のがたついた窓を引き開けた。窓の前には街路樹が黒く揺れ、遠くに輝くビルが見える。この間泊まったホテルからは見えなかった、普段の仙台の夜が広がっている。

私の街なのだと思った。今まで街を作ってきた人々の上に、惠理の未来はある。そして惠理の上に、街と人の未来は続いていく。

がんばろう。

自分のために、それから応援してくれるみんなのために。これから始まる生活に、恵理は小さく掌《てのひら》を握った。

次の日、いよいよの初出勤だ。まずはそつなく掃除を済ませた恵理は、工房スペースで机に向かう大地のもとへ向かった。

「富沢さんが来て初めての依頼が、当の富沢さんからなのはちょっと驚きましたよ」

大地は恵理の姿を認めると、作業の手を止めて振り向いた。彼の前には、今まさに接着剤のニカワを剝《は》がし、表板を開けられようとしている楽器がある。

それは恵理がハッピームジークを辞《や》めるきっかけになった、ポンコツ楽器のグレゴリアスだった。

置いていくのが忍びなかったのだ。弦城や容子《ようこ》のバイオリンとの出会いを経《へ》て、かわいそうになってしまった。この楽器は確かにポンコツだが、それはこの楽器自身のせいではない。

廉価《れんか》な量産楽器だから、調整してもたかが知れているのはわかっている。でも大地にちゃんと調整してもらえば、愛してくれる誰かに会わせてやれるかもしれない。そう思って退職ついでに買い取り、大地に調整を頼んだのだった。

楽器を見た大地は、思いきって表板を開けてみましょう、と言った。普通の調整ならば、弦をはずして駒《こま》や魂柱《こんちゅう》をいじるくらいだけど、もうすこし大胆に調整してみましょう。それでグレゴリアスは今、弦やあご当て、テールピースといった部品がすべて取り去られ、表板を開けられようとしている。ニカワで接着されているだけだから、プロの手にかかれば簡単にばらすことができるのだ。

「どうでしょう。ちょっとでもよくなりそうな気配、ありますか？　木材が安っぽくて造りも適当なのはわかってるんですけど……」

「今開けてみますね」

大地は鋭いナイフを取り出すと、表板と横板のあいだにぐいと差しこんだ。取りかかりをこじ開け、ぐるりと表板に沿って水平にナイフをめぐらしていく。ネックのあたりで切れこみを入れつつ、器用に表板を剝がした。それから表板の表裏の様子を確かめる。

「この楽器、板にものすごく厚みがありますね」

バイオリンの表板には、適した厚さというものがある。その範囲は職人によって異なるものの、この楽器が厚すぎるのは確かだった。いくら初心者用で丈夫に作っているとはいえ、これでは音が響かないし、楽器自体も重くなってしまう。

「よし、薄くなりすぎない程度まで削り直してみましょうか。たぶん、今よりはよくなると思いますよ。楽しみに待っててください」

そう言うやいなや、大地は楽しそうにノミやカンナ、スクレーバーという自作の小さな刃物を並べて、早速作業に入った。

「大地の自作楽器の出来は、まだまだ改善の余地おおありだが」

エスプレッソを淹《い》れに奥の簡易キッチンへ行くと、話を聞いていたのだろう、弦城が声をかけてきた。

「調整や修理に関しては、とてもいい腕をしている」

「わかります」

惠理は、弦城が眺める分のカップも用意しながら相づちを打った。

大地のあのきらきらした目を見たら、彼が本当にこの仕事が好きなことはわかる。それに楽器の精である弦城が言うのだ、腕が確かなのは間違いない。

にしても、とおかしくなった。弦城はやっぱり、普段あれだけ言い合っていても、大地のことを心から認めている。

「なんだいきなり笑いはじめて」

「いえ、なんでも」

「なにがおかしいんだか。それよりあれ、あんたの楽器なのか？」

「あのグレゴリアスですか？　今はそうです。私が買ったものなので」

「今は？」

「調整が終わったら、店に並べてもらおうと思ってるんです。買った値段に彰志さんの修理代も入れると大赤字ですけど、それでもあの楽器に相棒が見つかれば私も嬉しいですし」

「自分で弾かないのか」

「自分で？」まさか、と惠理は首を振った。「私、弾けないので」

「弾けない？　嘘だろ」

「えっと、昔は習ってましたよ？　でももうずっと弾いてないので」

バイオリニストの道を諦《あきら》めたあのときに手放したきり、惠理はバイオリンを弾いていない。

挫折《ざせつ》した当時はバイオリンなんて見たくもなかったし、バイオリンを売る仕事に就《つ》いてからも、弾く必要性は感じなかった。すばらしいバイオリニストはたくさんいる。音楽を愉《たの》しみたければ、それを聴けばいいだけだ。

弦城はよくわからないという顔をした。

「弾いてないから弾かない？　別にそんなの、また始めればいいだけだろうが。弾く気がないのか？」

「うーん、そうなのかもしれません。もちろん仕事柄《がら》、音階くらいは弾きますけど、それ以上はいいかなって」

惠理が笑って答えれば、弦城はそれきり黙ってしまった。

わかってはいたが、平日のバイオリン工房は波ひとつたたない、凪《なぎ》そのものだった。客の一人も来ないうちに、午前は過ぎていく。集中してバイオリン製作に向き合う大地の邪魔をしないように、惠理は静かにソファで業務内容や取引先の書かれたメモを確認していた。大地のためにも自分のためにも、簡単な調整や弓の毛替えくらいはできるようになりたいが、おいおい、大地の都合と相談してになるだろう。

向かいに座った弦城は、ひたすら本を読んでいた。めくってもらわなければ読めないので、なるべくそうしなくても済むよう、大きな図録をいくつか、ローテーブルいっぱいに開いて並行して眺めている。

いろいろなことを知りたいのだろうと感じた。ようやく、見つめるだけだった人間の生活に近づいたのだ、当然だろう。弦城が化けて出られるのは、彼を弾いてきた人間の愛情と、彼自身の強い望みのおかげだという。きっと弦城はこんな、思うままになにかを見たり誰かと話したりする日を強く願ってきたに違いない。つい買ってしまいたくさん持っている展覧会の図録も、あとで共用の本棚に移しておこう。恵理はそう思った。

そろそろ昼というころ、ようやくドアのウィンドチャイムが本日初めて揺れて、恵理ははりきって立ち上がった。が、訪れたのは客ではなく、宅配便のトラックドライバーが、荷物を届けに来ただけだった。

「なかなかお客さん、来ないんですよねえ」

バイオリンの部品でも入っているのだろう、一気に送られてきた大量の小包を確認しつつ店の中へ入れていると、作業を中断して手伝いに来てくれた大地が笑った。

「やっぱり前の店ではひっきりなしでした？」

「上野《うえの》でしたし、いろんな楽器を売ってましたから」

「そっか、忙しかったんですね。まあ、うちではそんな肩肘《かたひじ》張らず、ゆっくりしてくださいよ。もちろん慣れてきたら、工房にも入ってがしがし活躍してもらうつもりですけど、今は。平日の昼前なんてどうせお客は来ないし、来てもまともな客じゃないんですから」

と笑い飛ばしていた大地が、突然口をつぐんだ。

どうしたのだろう、と腰を伸ばすと、長い髪を下ろした美しい女性が立っている。まさか。

「お客さま？」

はい、と女性はうなずく。

「お頼みしたいことがあるのですけど、お願いできますか？　たぶん私、仰《おつしや》るとおりの『まともでない客』ですが」

「……すいません」

大地が気まずく笑った。


「いやあ、びっくりしました。まさか百合《ゆり》ヶ丘《がおか》美奈《みな》さんご本人がいらっしゃるなんて」

大地の声が、簡易キッチンまで聞こえてくる。

「誰だ」

「有名な美人バイオリニストですよ」

ソファを追い出されてしまい、不機嫌そうにキッチンにたたずんでいた弦城に、恵理は小声で答えた。

「ライトクラシックの分野で活躍してるかたらしいです。よくテレビに出たり、ポップスの人と共演したりしてるので、すごく有名らしいですよ」

「らしいらしいって、あんたもよく知らないじゃないか。それで有名?」

「それは私があんまりテレビ見ないからで、巷《ちまた》では有名なんです」

ほら、と恵理は、さっき届いたばかりのバイオリン専門誌を差し出す。数ある専門誌の中でも一番ライト層向けのこの雑誌。ちょうど今月号は、美奈の女優のような笑みが表紙を飾っていた。

ふうん、と弦城はちらと雑誌を見つめ、俺はあまり好かないな、と言った。

「どうしてです?」

「わざわざ『美人』とつけるところが気に入らない」

どうも、彼女の形容についてまわる『美人バイオリニスト』という表現が気に入らないらしい。

「でも、美人じゃないですか、実際」

「バイオリニストに美人も不美人もあるか。そんなのどうでもいい」

「そうですけど……でも、ソロバイオリニストなんて、本当の天才以外はどうにかして売れないと続けられないんです。あのかたがきれいなのは本当なんですから、それを押し出して売るのは悪いことじゃないと思いますけど」

そういうものか、と弦城はどうでもよさそうにつぶやいた。

ほんとにどうでもいいんだろうな。恵理は複雑な気分になった。ストラディヴァリウスである彼は、『本当の天才』なんて嫌というほど出会ってきている。普通のバイオリニストの苦闘など、知りもしないし興味もないのだ。

恵理はコーヒーを手に、キッチンを出た。

「しかし、存じあげませんでした。まさか百合ヶ丘さんが仙台に住んでらっしゃるなんて」

「もちろん仕事の多い東京にも家はありますが、本宅は娘を両親に見てもらえる故郷、仙台にしたんです。私も夫も、コンサートツアーなどで家を空《あ》けることも多いので」

コーヒーを出したあと、恵理も大地の横に座る。本物の美奈は、雑誌よりも数段きれいだ。とても若く見えるが、実際は恵理より十歳近く上で、娘は小学三年生になるらしい。

美人バイオリニスト。本宅に別宅。コンサートツアー。娘。

順風満帆《じゅんぷうまんぱん》。そんな言葉がふと脳裏に浮かんだ。

「それで、百合ヶ丘さん。本日はどうしてこの店に?」

楽器ケースを持っていないし、自《みずか》ら『まともではない客』と言っていたから、答えは予想がつくが。

恵理が思ったとおり、美奈はわずかに表情を曇らせこう言った。

「実は、不思議な夢を見るのです」

五日ほど前のことだ。コンサートツアーを回っていた美奈は、千秋楽《せんしゅうらく》の前夜に夢を見た。不思議な夢だった。どこかもわからない真っ暗な場所で、小さな男の子が目の前に立っているのだ。

「娘と同じくらいの年のかわいらしい、見たことのない男の子なんです。でも私、なぜか知っているんです。その子が私のバイオリンの——なんていうんでしょう、化身《けしん》というか精というか、そういうのだって。なぜかと言われると困るんですけど」

「いえ、わかりますよ。そういう勘はだいたい当たります」

大地が、いつの間にか寄ってきた弦城をちらと見上げると、弦城は「そうだな」とうなずいた。相性の問題なのか、彼はプロバイオリニストの美奈にも見えないようだ。

続けてください、と促《うなが》され、美奈は少し安心したように言葉を継いだ。

「それでその男の子、とてもかわいらしいんですけど……なぜかぽろぽろと涙を流して私を見つめているんです。どうしたの、と声をかけても、なにも言わず首を横に振るだけ。私は結局、彼がなぜ泣いているのかを知れないままに目覚めました。それが、最初の夜のことです」

「最初の、ということは、また夢を？」

はい、と美奈はうつむいた。

「それから五日間、毎日同じ男の子が泣いている夢を見るんです。しかも少しずつ違って。男の子、次の夜は最初の日と同じくなにも言わなかったんですけど」

三日目。気になってどうしたの？　と何度も訊《き》いていると、男の子は一枚の紙を差し出した。それには一言、「責めないで」と書いてある。そして四日目にも彼は紙を差し出し、それにもやはり「責めないで」。

「そして五日目──昨夜のことですけど──、その子はまた、『責めないで』と書いた紙を渡してきたあとに、どこから出したのか楽譜を両手で開いて、私に見せてきました。見ればそれは、きらきら星の楽譜だったんです」

「きらきら星？」

きらきら星といえば、誰もが知る曲だ。ことバイオリンを習う人間は、ほとんどが弾いたことがあるだろう。バイオリンで弾く、初めの一曲として出会っている人間も多いに違いない。

「私、最初の夢を見た日から、この子はきっと私に伝えたいことがあるんだと思ってたんです。でもそれがなにかはわからなくて。楽譜を読めば、この子がなにを言いたいのかがわかるかもと思ったんですけど、やっぱりわからなくて」

それでお伺《うかが》いしました、と美奈は膝《ひざ》の上を見つめて締めくくった。

美奈が帰ったあと、ようやくソファの定位置を取り戻して満足げな弦城に、大地は尋《たず》ねた。

「どう思う、弦城」

「男の子がバイオリンの精っていうか化身っていうか……まあお前みたいな『魂』だっていうのは、百合ヶ丘さんの言うとおりなのかな」

「そうなんじゃないか。俺みたいにこの世に化けて出るのは至難の業《わざ》だが、夢、しかも持ち主の夢だったら、丁寧《ていねい》に使われてきたバイオリンなら比較的干渉《かんしょう》しやすいだろ。俺はやったことないが」

「そうか。じゃあ明日、実際楽器を見せてもらえば、なにか手がかりが掴めるかもな」

明日、美奈の家を訪ねることになっている。百合ヶ丘美奈は自宅に四本のバイオリンを持っているらしく、持ってきてもらうよりこちらが行った方が早いということになったのだ。

ただ。惠理にはひとつ心配があった。美奈の家に向かうのは惠理と弦城だけだ。大地の出番は、原因が楽器の『普通の』不調だと判明した場合までやってこない。とりあえずの様子見と原因の究明は、すべて惠理に任《まか》された。

「いいんですか？　私で。あの、いきなりですけど……」

「もちろんです。これからこういう案件は、全部富沢さんに丸投げするつもりなんで。期待してますよ」

大地は冗談めかして笑うが、あの百合ヶ丘美奈からの依頼。責任重大だ。笑い返そうとする頬が引きつる。

「えっと、がんばります」

「大丈夫ですよ、弦城も一緒に行くんですし。まあ、役に立つかはわかりませんけど」

「失礼な奴だな、お前」

不満げな弦城の声を耳に、惠理は自分に言い聞かせた。そうだ。弦城が一緒なのだ。きっと大丈夫、な、はず……。

と、弦城がちらりと惠理を見た。

「心配するな惠理。なんとかなる」

さらっと、しかもいい声で名前を呼ばれて、惠理はびっくりして顔を上げた。

「な、なんでいきなり名前なんです」

「だめなのか」

「だめっていうかその」

あんたと呼ばれるのとは、全然違う。いろいろ違う。

恵理が口ごもっていると、弦城はわけがわからないという顔をした。

「なにか問題か？　俺は男でも女でも名前で呼ぶが。大地も杏奈も」

「え？　あ、そっか……」

そうだった。恵理はたちまち赤くなった。なにを意識しているのだろうか。

「そうですよね、あの、がんばります！」

いろいろ吹き飛んでしまって、適当に話をまとめて、慌《あわ》てて仕事に戻った。

「なんなんだ、他人行儀をやめただけなのに。俺が悪いのか」

解《げ》せないと言わんばかりの弦城の声に、大地はおおげさに嘆息《たんそく》した。

「そっかあ、わかんないかあ」

「なんだそのため息は」

「いや、別に。お前ってなんでもわかってるみたいな顔しといて、自分に関係した途端にお子様だよなあって思って」

ま、がんばれよ。大地は弦城のいるあたりの空気をスカスカとはたいた。

「行くぞ。これ持ってくれ」

出かけ際《ぎわ》に弦城は、無造作に自分、『弦城』の入ったバイオリンケースを指した。

「え、私ですか？」

「他に誰が運ぶんだ。まさか俺を持つのが嫌なのか」

言葉の端に険を感じ、恵理は慌てて否定する。

「いえ、そういうわけじゃないですよ！　ただその、責任重大だなと思って」

弦城はストラディヴァリウス。なにかあったら困ってしまうと思っただけなのだ。しかしそうやって尻込みしていると、拗《す》ねたように「じゃあ、あんた一人で行ってくれ」と言われてしまった。

「あんたに持つ気がないなら、俺も一緒に行く必要はないな」

「違います！　持つ気がないとかじゃなくて……」

「大丈夫ですよ、富沢さん。そんなしょぼいケースに、天下のストラドが入ってるなんて誰も思いませんよ。ストラド盗む馬鹿もいません。普通に肌身離さず運んでくれれば」

大地にも励まされ、恵理は覚悟を決めてケースを手に取った。

瞬間、久しく忘れていた感覚を思い出す。

なんだっけ、そうだ。これは自分の楽器を運ぶ感覚だ。子供のころ、自分の楽器を初めて背負い、バイオリン教室に出かけていったあの日。この楽器を自分が守らなければいけない。そんな緊張と満足感。

なつかしさが一瞬わき上がって、でもすぐに覆《おお》い被《かぶ》さるような苦しさに胸が締めつけられる。

「どうした。やっぱり嫌か」

「いえ、まさか！」恵理は頭を振って、それから努めて明るく言った。「よし、出発しましょう！」

晴れて社用車に昇格したカローラの前で、緊張とともに恵理は鍵を取り出した。

「あの弦城さん。実は私、ペーパードライバーなんです」

「知ってる。さっきも聞いたし昨日も聞いた」

「そうですけど、いいんですか、ほんとに。私に命預けちゃって」

恵理も免許は一応持っている。でも東京暮らしのおかげですっかり運転から遠ざかっていた。百合ヶ丘美奈の住んでいるのは、仙台の北、中山《なかやま》。その名のとおり、ちょっとした山で坂道続き。正直自信がない。

が、弦城はそっけなかった。

「いいもなにも、あんたがやるしかないだろ。腹をくれよ。大丈夫、死ぬときは一緒に死んでやる。あんたとなら死んでもいい」

「な、弦城さん、やめてくださいよ！」

「文句言うな。それともなんだ、この俺が道連れじゃ不足なのか？」

「そういう意味じゃなくてですね、縁起《えんぎ》でもないし……そもそも『お前となら死んでもいい』とかそういうの、恋人とかに言う台詞《せりふ》かと……いえ、冗談なのはわかってるからいいですけど」

さすがに、知り合って日が浅い自分と死んでもいいなんて本気ではないだろう。でもあまりいい声で言わないでほしい、と恵理は思った。無駄にどきどきしてしまう。

「とにかく行くぞ。さっさとドア開けろ」

弦城は、特に加えてコメントするつもりもなさそうだ。クールである。恵理も気を取り直して運転席のドアを開けた。とにかく万が一恵理が死んでも、弦城だけは守らなければならない。弦城はストラディヴァリウス、恵理の何倍、何十倍も価値がある楽器なのだ。

最初に覚悟を決めたのがよかったのか、時折地元で運転していたのが功を奏したのか。

結局恵理は、案外普通に車を走らせた。

「よかった。どうやらまだ死ななくてすみそうだな。よし、ラジオつけてくれ」

「たぶん……。って待ってください！　ラジオはやめてくださいよ！　さすがに気が散ります」

止めようとするも、聞く耳は持たないらしい。

「大丈夫だろ。あんた、思ってたより運転うまいし」

「そういうことじゃなくてですね」

「早くつけろって。じゃなかったら、俺が不協和音奏《かな》でてやってもいいが」

「それはもっと困ります……」

恵理は諦めてボタンを押した。途端、聞き覚えのある曲が流れてくる。オーケストラの曲だ。

「あれ？　なんでしたっけ、これ」

「このくらいもわからないのか。これはバッハの」

「え、や、わかりますよ！　ちょっと待ってください。バッハなのはわかるんです。バッハの……バッハの……」

「時間切れだな。正解はバッハの管弦楽《かんげんがく》組曲の三番。一楽章の半ば」

弦城はすらすらと答えた。悔しいが、恵理は少し感動もしてしまった。

「さすがですね弦城さん。そっか。この曲が作曲されたころはもう生きてらっしゃいましたもんね」

ストラディヴァリとバッハの活躍したころはだいたい同じだ。弦城はきっと、リアルタイムで当時のバッハを聴き、そして弾いていたのだ。詳しいのは当たり前。

「なんかそう思うと、すごいですね。弦城さんって」

しかし、そんな惠理のはしゃいだ声に、弦城は小さく首を振った。

「覚えてない」

「え？」

「俺は『弦城』だ。日本に来て、弦城と名づけられかわいがられた。その愛情が俺を作って、ついには化けて出られるほどになったんだ。それより前のことは、ほとんど覚えていない」

「あ、そう、なんですか。ごめんなさい、私」

「この曲の名がすらすら出てきたのは、俺がこの曲に、思い入れがあるからだ」

どんな思い入れなのだろうと惠理は思った。もしかしたら昔、すばらしい演奏家に弾いてもらって、忘れられない程いい音を出してもらったのだろうか。

それとも、彼が人間に弾かれることを拒否し、鳴らない楽器になってしまった理由となにか関係があるのだろうか。

そんなことをちらと考えたときだった。続けて流れてきた二楽章に、惠理は身体をこわばらせた。

霧《きり》がかった夜明けのような、静かで優しい旋律。

それは、G線上のアリアとも呼ばれる小品だった。

だめだ。

信号待ちをいいことに、惠理はとっさにラジオボタンに手を伸ばした。局が変わり、一転陽気なポップスがスピーカから流れ出す。

「……なんで変えたんだ」

「いえ、ほら、私が余計なこと言ったせいで、しんみりしちゃいましたから。ちょっと元気出そうかな、と」

笑ってごまかすと、弦城は怪訝《けげん》そうにした。

「あの二楽章が――G線上のアリアが嫌いなのか?」

「そういうわけじゃないです。すごくいい曲で、大好きです、私も」

嘘だ。大好き『だった』。それが正しい。

「でもほら、これから仕事なんで、ちょっとテンションを上げようかなって」

弦城に強く見つめられているのがわかる。でも惠理は気づかないふりをした。気づいていない、気にするわけもない。自分は運転中なのだ。

「まあいい。運転手に従おう」

やがて弦城は窓の外に視線を移した。

惠理は安堵《あんど》の息を吐き出した。恐れた質問の続きは、とうとう飛んでこなかった。いや、弦城は優しい。なんとなく察していて、あえて訊かないでくれたのかもしれない。

G線上のアリアに纏《まと》わりついた、惠理の苦き思い出。

この曲こそ、小学五年生のあの日、惠理がストラディヴァリウスで奏でた曲だった。


中山中腹の住宅街のよく日の当たる一角に、百合ヶ丘美奈の家はあった。挨拶《あいさつ》もそこそこに、惠理は楽器を保管しているという専用の部屋へ案内された。美奈は、昨夜も男の子の夢を見たらしい。彼はやはり、『責めないで』と書かれた紙、そしてきらきら星の楽譜を黙って見せてきたそうだ。

「あの子の泣き顔を見ていると、私も不安で不安で、早くどうにかしてあげたくて」

「お気持ちはわかります。大丈夫です、私たちに任せてください。きっと解決してみせます」

「おい、安請《やすう》け合いするな」

弦城がぼそりとつぶやくが、惠理としてはなんとかしてあげたい気持ちでいっぱいだ。派手な外見や活動に目がいきがちだが、美奈もバイオリンを愛する一人の人間なのだ。

「ありがとう、そう言っていただけると心強いです。こちらに楽器は用意してあります。どうぞ」

美奈に促され、部屋に入った。途端、惠理は感嘆《かんたん》の声を漏らしそうになった。防音室だろうその部屋は、どこかのスタジオかと見紛《みまご》うほど立派だった。鏡張りの壁の前にはグランドピアノが二台並び、隅の方にはホームシアターに、胸くらいまで高さのあるオーディオアンプ。その横にはバイオリンの保管庫だろう、保湿計が置かれたキャビネットが置かれていた。

美奈はそのキャビネットから楽器を取り出し、アンティークの樫《かし》の机に並べる。合計四本。一本を除けばどれも古い楽器だが、状態は悪くなさそうだ。

「これが、今私の持つすべてのバイオリンです。メイン楽器が一本、サブが二本、コンサート用に改造したエレキバイオリンが一本、合計四本です。この中のどれかが、私の夢に出てきているんだと思います」

「東京のご自宅には、楽器は置いていらっしゃらないのですか？」

「いえ、東京にもありますし、実家にも娘が昔使っていた楽器などは置いてあるのですが、あの男の子は今、この家にいる楽器なんだって私は思っているんです。これもただの直感で、根拠があるわけではないのですが、あの子が出てくる前、私は決まって仙台の家に帰らなきゃ、と夢の中で思っているので」

「そこまで直感でわかるんなら、いっそもう、どの楽器が泣いてるのかまでわかってくれよ。そうしたら楽なのに」

弦城が聞こえないのをいいことにぼやく。もっともと思いつつ、惠理はわかりました、とうなずいた。とりあえずはこの四本の楽器を見せてもらおう。

美奈の同意のもと、一本一本を見てまわる。まずはラベルの確認からだ。

バイオリンには、表板に筆記体のf《エフ》の字のような孔《あな》、f字孔《エフじこう》が左右対称にある。そこから中を覗《のぞ》くと見えるのが、裏板に張られたラベルだ。製作者や工房の名、製作年が書かれ、その楽器が何物かを示す大事な手がかりである。今回の件でもなにか教えてくれるかもしれない。

予想はしていたが、美奈の持つ楽器は名のある製作者の手によるものばかりだった。特に最も古い一本にガルネリの名を見たとき、惠理は一瞬手が震えてしまった。

バルトロメオ・ジュゼッペ・アントニオ・ガルネリ。通称ガルネリ・デル・ジェス。アントニオ・ストラディヴァリと並び称される一八世紀の名工だ。

「確かにガルネリは名器だが。だからって、なんで今さら腰が引けるんだ」

おそるおそる状態確認の許可をとる恵理に、弦城が面白くなさそうにつぶやいた。自分を知ってるのに今さら、と言いたいのだろう。

私、弦城さんにだって腰は引けてますよ。

美奈の手前、声を出すわけにはいかないが、恵理は視線で伝えた。ガルネリ、ストラディヴァリウス。どちらも恵理には荷が重すぎる楽器なのは一緒だ。

「状態確認ですか？　もちろん構いませんが……」

視線を戻すと、困ったような美奈と目が合った。

「でも、たぶん特に悪いところはないと思うんです。その楽器に限らず、他の楽器も」

「そうなんですか？」

そんなはずはない。そう思うも、調べてみれば結局美奈の言うとおりだった。

楽器を軽く叩き、木材を接着しているニカワの剥がれをチェックしても、おかしなところは見当たらない。ネックの下がりや駒《こま》のゆがみなども同様。美奈に弾いてもらっても、まったく鮮やかな音で、不調の欠片《かけら》もない。

恵理は困ってしまった。

容子のバイオリンのときのように、楽器の心の問題だろうか？　でも、特に音にも見た目にも問題が出ていない以上、なにに不満があるのかすらわからない。

正直、あてがはずれた気分だった。男の子がしゃべらない。それが大きなヒントになると思っていたのだ。しゃべらないというのは、音が出ない状態を表しているに違いないと考えていた。つまり音の出ない楽器が、男の子の正体だと。

しかし、そんな楽器はひとつもない。すべてが絶好調だ。

どうしよう。弦城を見やっても、さきほどのガルネリの一件で機嫌を損《そこ》ねたのか、つまらなそうにそっぽを向くばかり。

困りはてた惠理を見かねたのか、美奈はお茶でもどうですか、と誘ってくれた。

バイオリンの裏板にも使われる高級素材、バーズアイメイプル製の家具で揃《そろ》えられた居間で、惠理は紅茶をいただくことになった。美奈がポットを温めているあいだ、どうしていいかわからず部屋の中へ視線を惑《まど》わせる。なにか言った方がいいと思うものの、明らかに高級な家具を褒《ほ》めるのもはばかられ、結局惠理はカップテーブルに飾られた大きな花束をきれいと言った。

「ありがとうございます。事務所が贈ってくださったんですよ。私、明日が誕生日なので」

美奈はティースプーンを手に、にっこりと笑った。それからふと寂《さび》しそうな顔をする。

「まあ、事務所に祝ってもらったって、本当は嬉しくなんてないんですけど」

どういう意味だろうか。しかしすぐに美奈は笑みを取り戻して、なにもなかったかのように続けた。

「どうですか、富沢さん。なにか手がかりを摑んでいただけましたか」

「すいません、まだちょっと。バイオリンは絶対、なにかを訴えたいんだとは思うんですが。『責めないで』。きらきら星。そっちから考えた方がいいのかな」

半ば独り言のように言った惠理を、美奈は黙って見つめた。それからゆったりとした動作でポットからティーコゼをはずす。カップに紅茶を注ぎながら、おもむろに口を開いた。

「富沢さん、私、思うんです。もしかしたらあの男の子、バイオリンじゃないのかもしれません」

「バイオリンじゃない？」

はい、と美奈はうなずいた。

「確かに最初の直感では、バイオリンの精かなにかだと思ったんです。でも考えているうちに、私自身が勝手に、脳内で作りあげた存在なのかもって思えてきて」

「どうしてです」

バイオリンではない。それでは惠理がいくら調べてもなんの手がかりも得られないのは、当然だが。

「なにか、そう思われる理由がおありなんですか?」

「それは」

美奈が口を開きかけたとき、「ただいま」と少女の声がした。美奈の小学三年生の娘だろうか。ばたばたと駆ける音が近づいてきて、居間に続くキッチンの扉が大きく開かれる。美奈によく似た、かわいらしい少女が顔を出した。しかしその顔に笑みはない。彼女は居間を確認もせず、つまらなそうに口を開いた。

「ただいま。お母さん、おやつは?」

が、そこで惠理の姿を認めて口をつぐむ。

「……だれ?」

「だれ、じゃないでしょ。お客さま。バイオリン工房の——」

その瞬間だった。少女の瞳にまったく別の感情が走った。かと思うと、叩きつけられるように、激しい音を立てて扉が閉まる。

「美咲《みさき》! 待ちなさい!」

美奈が立ち上がり娘の名を呼んだ。しかし娘は止まらなかった。走る足音が遠ざかり、またどこかで扉が大きく音を立てて閉まる。それきりだ。

「ごめんなさい」途中まで追いかけていった美奈が、ぐったりと席へ戻ってきた。

「あの子、いつもあんなふうなんですけど、今回のツアーから帰ってきてからは特にひどくて。本当、失礼しました」

「いえ、お気になさらず」

とはいっても、気になって惠理は尋ねてしまった。

「あの、娘さん……バイオリン工房と聞いた途端に顔色を変えたように見えましたが」

美奈はしばらくティーカップを見つめていたが、やがてぽつりと言った。

「実はあの子、バイオリンが嫌いなんです。それであんな態度をとったんでしょう」

「バイオリンが嫌い？　どうしてです」

バイオリニストとして成功した母を持って、なぜ。

「寂しい思いをさせてますから。私、月の半分はこの家にいないんです。夫も同じようなもので。だからあの子、いつも一人なんです。もちろん私がいないときは祖父母に預けていて、よく懐《なつ》いてはいるんですけど、でもあの子」

バイオリンに母親を取られたようなものですから、と美奈は下を向いた。

「ほんとは、私も夢があったんです。あの子と一緒にステージに立つ夢。でも……」

美奈は娘が五歳の時、バイオリンを習わせはじめたのだという。よかれと思ってのことだった。著名《ちょめい》なバイオリニストを母に持つ娘が少しもバイオリンを弾けなければ、大きくなって苦しむだろうから。

しかしそれ以上に美奈は、娘がバイオリンを弾けるようになれば、楽器を通じて自分と繋《つな》がることができるだろう、と思っていた。いつも一緒にはいられないけれど、音楽を介することで、娘の孤独は埋まるかもしれないと思ったのだ。

でもその想いは、娘の美咲にとっては重荷だったようだ。

「二年前のことでした。あの子、急に自分が使ってた、子供用の分数バイオリンを床に叩きつけたんです。もうこんなものやってられない、お母さんの夢なんて知らない。そう怒鳴って。私はそれに、怒鳴り返してしまいました。そんなことしてはいけなかったのに。寂しがってるだけだってわかってたのに。以来、あの子はバイオリンに近づきすらしなくなりました。叩きつけた楽器はきれいに修理して元通りになりましたし、私も怒っていないと何度も言ったのですが、それでも。……美咲は、私に心を開かなくなりました。わかるんです。いつもの態度は普通ですけど、こういうときに」

苦しげに眉を寄せた美奈に、恵理はなにを言っていいのかわからなくなった。バイオリンを目の前で叩きつけられたら誰だって驚く。とっさに怒りがわくのも責められることではない。でも反抗的な態度をとってしまった娘、美咲がすべて悪いとも、恵理には言えなかった。

　富沢さん、と美奈は後悔のにじむ瞳を揺らした。

「私さっき、夢の中の男の子はバイオリンじゃなく、自分が作りだしたものかもしれないって言いましたよね。それは、あの男の子が、私が娘に抱いている後悔の象徴なんじゃないかと思ったからです」

「後悔、ですか」

「はい。ご存じですか？　きらきら星はもともと一八世紀のシャンソンが原曲で、正式名称はAh, vous dirai-je maman ――『ねえママ、聞いて』です。それを思い出して、思ったんです。男の子が見せてきたきらきら星の楽譜。あれは、娘の話を聞かずに仕事ばかりしてた私への戒《いまし》めに違いないって」

「待ってください、そんなわけありません」

　思わず腰を浮かせた恵理を、いえ、と美奈は押し止《とど》めた。

「きっとあの男の子は、私を責める私自身。娘とろくに会話せず、自分の夢を押しつけてきたバイオリニストの私を、母としての私が責めているんです」

　ほんと、だめなお母さんですよね。美奈はそう、寂しそうにつぶやいた。

「おかしいだろ」

駐車場へ向かう道すがら、弦城は言った。

恵理たちは、美奈の家を辞したところだった。夢に出てくる男の子は、娘への仕打ちを責める自分自身が作りあげたものである。美奈の中ではそう結論が出てしまった。恵理がもう少し考えさせてくれと願っても彼女は首を横に振るだけで、為《な》すすべもなかったのだ。

「おかしいと思わないのか？」

まったく納得がいっていないのか、弦城は返答を促すような視線を向けてくる。しかし恵理としては、美奈の言うことはそうおかしくもないような気がしていた。

「悲しいですけど、わりと筋が通っていたような気がしました」

「なわけあるか。筋なんて通ってない。自分を責める気持ちが化けて出た？　じゃあなんでその後悔の化身が、『責めないで』なんて言ってくるんだ。責めるための存在が責めないでと言うなんて不自然だ。他にもおかしいところはいろいろあるが、これだけでもあのバイオリニストの理屈が、無理やりこじつけたものだとわかる」

「そうですけど」

確かにそこは、恵理も引っかかったけれど。

「でも、そこは美奈さんの複雑な心の表れなのかなって。つらそうでしたから」

娘とのこじれた関係。自責の念。悲しげに語った美奈の瞳が思い出されて、恵理は唇を嚙んだ。

苦しい。胸が押しつぶされるようだ。

と、弦城が恵理を窺《うかが》うように言った。

「どうした。あんたがそんなに落ちこむことじゃないだろう？」

黙っていようと思った。でも弦城の声に慎《つつ》ましい優しさの色を感じ、結局恵理は口を開いた。

「美奈さん、『お母さんの夢なんて知らない』って、よかれと思って与えたバイオリンを目の前で投げ捨てられたって言ってましたよね。私も、母に同じようなことをしたことがあるんです。それを思い出しちゃって」

——お母さんの夢なんて知らない。

恵理はまったく同じ台詞を母に吐いたことがある。それも、美奈の娘よりよっぽど大きくなってから。

苦い思い出が蘇《よみがえ》ってきた。

もともと恵理の母は、バイオリンどころか楽器なんて習ったことのない人だった。当然バイオリンのことはなにも知らない。なにが良いのか悪いのかなんて、ひとつもわからない。練習中の惠理が迷って尋ねても困ったように首をかしげるだけだったし、教室の先生に、母親が毎日のレッスンで助言ができなければ子供はうまくならないと嫌味を言われたときも、すいませんと謝るばかり。

それでも母は、惠理の応援隊長としての熱意は誰にも負けなかった。母は惠理と同じく、いや、惠理以上に娘が大バイオリニストになると心から信じていたのだ。小学五年のあの日、惠理がコンクールで入賞したときも、母の喜びようといったらなかった。母は惠理の弾いたG線上のアリアを収録した記念DVDを、大事な記念品だからと言って三枚も買った。

今思えば、聴くに堪《た》えない子供の演奏だったのだ。でも母は毎日のようにDVDを眺めて、誇らしげに近所の人にまで見せていたという。母はそのうち、この細やかな旋律を完璧に諳《そら》んじられるほどになっていた。G線上のアリア。それは母にとって、栄光のファンファーレだったのだ。

しかし惠理にとっては、自らの才能の限界を悟るにつれ苦しみのモチーフに過ぎなくなっていった。まず曲が聴けなくなり、自分の演奏が記録されたDVDが嫌いになり、やがてそのDVDに見入る母が大嫌いになった。

音楽の道を諦める。恵理が密かにその決意を固めたころに至っても、母はいつか自らの娘が大成するはず、と無邪気に信じていた。それが苦しくて、無性に腹立たしかった。ありもしない理想の自分を求められているようにしか感じられなかった。

そしてとうとうある日、恵理は爆発した。もうそのＤＶＤは捨ててくれと、バイオリニストになるのはもうやめたんだと、そう訴えた。

驚いたのだろう、母は狼狽《ろうばい》して恵理を見つめた。どうしたの、バイオリニストになるのが、あなたの夢じゃなかったの。

その母に、恵理は言い返してしまった。

それは私の夢じゃない。お母さんの夢でしょう？　私もう、お母さんの夢なんて知らない、と。

「どうしてあんなひどいこと言ったんだろう、って思います」

バイオリンに関《かか》わる話ということは一切口に出すことなく、恵理は話を終えた。

「私、本当に思っているかなんて二の次で、ただ母を傷つけようとして、きつい言葉を選んだんです。最低ですよね。でもあの時は、そう言うしかできなくて。だから、美咲ちゃんの気持ちはよくわかるんです。美咲ちゃんはあのときの私よりずっと我慢して、ひとりで耐えてきたはずです。でも、大人になった今では、美奈さん側の気持ちもすごくわかって」

だからつらい。

恵理と母とのこじれた関係は、就職先に楽器店を選んだことである程度解消された。楽器販売員になるというのは、自分のための落としどころでもあったが、実は母のための落としどころでもあったのだ。しかしそれまでには数年が必要だったし、今でも恵理の心にくすぶる後悔はまったく消えない。なにより母も恵理も、あのＤＶＤをいまだに見返すことはできない。

美奈母子《おやこ》には、そんな思いをしてほしくなかった。一度こじれているからもう遅いのかもしれないが、でも当時の恵理と違い、美咲はまだ若い。十分修復は可能なはずだ。

「そう思うなら」と弦城は、心なしか柔らかい声で告げた。

「俺の話に耳を貸せ。たぶんまだあんたは、あの親子にやってやれることがある」

よく考えろ。弦城はそう説いた。

「あんたはあのバイオリニストの話に同情しすぎて、いろんなヒントを見逃している」

「ヒント……」

なんだろう。

恵理は運転席に背を預けて首をひねった。

運転席といっても、今車のエンジンはかかっていない。恵理たちはまだ、美奈の家近くの駐車場に留《とど》まっている。停める場所だけは、美奈の家の玄関が見える場所へ少々変えた。弦城がそうしろと言ったのだ。彼にはきっと、なにか考えがあるのだろう。

恵理は弦城の言うヒントについてしばらく考えたあと、降参したように肩をすくめた。

「すいません、思いつきません……」

「じゃあ聞け。まずひとつ目は、さっきも言った、夢の子供の正体だ。俺はやはり、そいつはバイオリンだと思う」

「美奈さんの直感を信じるから、ですか？」

「それはもちろんそうだし、根拠は他にもある。まず、子供が見せたという紙の内容、『責めないで』だが。さっきも言ったが、もし例の子供が百合ヶ丘美奈の後悔の象徴なら、いったいその『責めないで』にはどういう意味があるんだ？」

そう改めて問われると考えてしまう。美奈自身、そこの見当がついていなかった。

「自分をあまり責めないで、って励ましてるとか」

「自分を責めるために出てきた存在が、責めるなというのか？　おかしいだろ。それよりも、その子供はやはりバイオリンで、百合ヶ丘美奈に『誰か』を責めないでくれと頼むために現れた。そう考えた方が辻褄《つじつま》が合うと思うんだが」

「それは、確かにそうですけど」

だったら、その子供がなにも話せなかったのも説明がつく。子供の本体である楽器はやはり最初に考えたとおり、音が出ないのだ。たぶん『誰か』に壊されるかなにかして。でも、どうしてかその誰かを怒っていない。それで『責めないで』と懇願《こんがん》している。自分の音を出なくさせた誰かが美奈に怒られるのを恐れている。

「でも、ちょっと待ってください。私も最初は、音が出ない楽器が男の子の正体かなって考えてました。でも調べた楽器は、全部ちゃんと音が出たんです」

家にある楽器は、あの四本だけだと美奈は言っていた。すべてが正常だったのだ。

「それに『誰か』って誰なんですか？　弦城さんの予想では、男の子はその誰かに音が出なくされちゃってるんですよね？　なのにその人が怒られると困るって」

そこまで言って、惠理は急に口をつぐんだ。

美奈の家の門が開いて、人が飛び出してきたからだ。

美奈の娘、美咲だった。泣きだしそうな顔で、なにかを探すように周囲を窺い、それから慌てて走りだす。その手には小さな――。

「わかった……」

泣く男の子。『責めないで』。大きな花束と、百合ヶ丘美奈の寂しげな笑み。調子のよい楽器たちに、楽器を捨てた娘。

そしてきらきら星と、『ねえママ聞いて』。

「弦城さん！　私行ってきます」

恵理はシートベルトをはずし、ドアに手をかけた。

「転ぶなよ」

仕方ないなと言わんばかりに、弦城は片手を上げる。その声は柔らかかった。

恵理は、美咲をあやしバイオリン工房へ連れて帰った。報告を受けていた大地は、小さな客人を心配そうに待っていた。が、彼女が泣きそうな顔で差し出したものをひと目見て、一転笑みに変わる。

「なんだ、そういうことか。大丈夫だよ、心配しなくても。壊れたわけじゃないから」

「ほんとですか？」

「ほんとほんと。こっちにおいで。今、すぐ直すから」

うなずいた美咲を連れて、大地は工房へ入った。その手にあるのは、美咲が持ってきたバイオリン。それも、子供用の小さな分数バイオリンだった。四本の弦がすべて緩《ゆる》んで、弦を支えるはずの駒と、楽器の中で共鳴を伝える魂柱《こんちゅう》が倒れてしまっている。これでは確かに音が出ないだろう。しかし他に悪いところはなさそうだ。

「駒が倒れちゃったのか。どうしたの？」

本当は理由なんてわかっているのだろうが、あえて大地は尋ねた。

「弦を張り替えようと思って……」

「なるほど。それで四本の弦を全部緩めちゃったのか。実はね美咲ちゃん、バイオリンの弦は全部一気に緩めちゃいけないんだ。駒も魂柱も、糊《のり》や釘で表板にくっつけられてるわけじゃなく、ぴんと張っている弦に押さえられて立ってるだけだから、一気に緩めると倒れちゃう」

だから今度からは、一本ずつ弦を緩めて交換してあげてね。

そんな大地の優しい言葉に、はい、と美咲は小さくうなずいた。

「どうにもならないまま放置されていた、とか、板が割れちゃった、とかじゃなくて、本当によかったですね」

工房の二人を遠くに見つめ、惠理は安堵の息を吐いた。

「そうしたら、明日に間に合わないですもんね」

「そうだな」

ぼそりと答える弦城は、ソファにもたれて目をつむり、もう興味はないのだとでも言いたそうにしている。でもきっとそれは彼なりの照れ隠しなのだろう。恵理はそう確信して言葉を継いだ。

「ほんと、よく気づきましたね、弦城さん。美奈さんの夢に出てきた男の子が、あの四本のバイオリンや後悔の象徴じゃなく、美咲ちゃんの隠し持ってる分数バイオリンだったなんて」

「ヒントがいっぱいあるって言っただろうが」

「そうですけど」

でも恵理は、その弦城のヒントを聞いてもぴんとこなかったのだ。恵理が気づいたのは、美咲が小さなバイオリンケースを持って出てきたのを見たときだった。

「簡単だ。夢に出てきた子供がしゃべれないのは、音が出ないバイオリンだからに違いない。だがあの家のバイオリンはどれも正常。だったらあの家にもう一本、別の、それも壊れたバイオリンがあるってことだろ。『責めないで』と合わせて考えれば、百合ヶ丘美奈の娘がバイオリンを隠し持っているのは、普通に考えればわかる」

確かに弦城の言うとおりだった。先ほど車中で聞いた、美咲の話を思い返す。

五日前のことだ。美咲は母がツアーで不在のあいだ、祖父母の家で偶然、小さな分数バイオリンを見つけた。それは他でもない、美咲が美奈の前で『お母さんの夢なんて知らない』と投げ捨てたバイオリンだった。美咲が叩きつけて壊れた部分はきれいに修理されていたのだが、あの一件のあと、美咲はバイオリンを弾くことをやめてしまった。それでこの楽器も、祖父母の家の奥深くに眠っていたのだ。

そのバイオリンと二年ぶりに再会した美咲は、思うところがあったらしい。ついに、あることを決意したそうだ。それで密《ひそ》かに楽器を家へ持って帰り、見よう見まねで弦を張り替えようとしたのだが、全部の弦を一気に緩めたせいで駒を倒してしまった。美奈の夢に現れた男の子が声を出すことができなかったのは、そのせいだ。駒が倒れていては弦は張れず、弦が張れなくては音は出ない。

これは初心者がやりがちな失敗で、本来おおごとというわけではない。だがバイオリンから離れて長い美咲は、再び楽器を壊してしまったと思って相当ショックを受けたそうだ。だから誰にも言わずに楽器を自室に隠し持っていたし、バイオリン工房から来たという恵理を見て、顔色を変えて逃げた。楽器を壊したことがばれたと思ったのだろう。

でもその後、どうやらそうではないと知って、今度は恵理を頼ろうと慌てて飛び出してきた。それを恵理がつかまえ、連れてきたというわけだった。

「確かに、『責めないで』をよく考えれば、すぐわかったことかもしれません。あれは、自分を鳴らなくしてしまった美咲を、責めないであげてという意味だったんですね」

怪我《けが》をしたわけじゃないから。それに美咲は、あなたを思ってやったことだから。だからお願い、責めないで。

「彼が泣いてたっていうのも、二人を心配していたからなんでしょうね」

「楽器なりに、うまくいってない母子関係にずっと心を痛めてたんだろ。まったく、余計な心配かけて。これを機に改善されるといいが」

「たぶん大丈夫だと思いますよ」

恵理は、すっかり元通りになったバイオリンを受け取る美咲に微笑むと、楽譜棚から教則本を取り出し、最初に載《の》っている曲、きらきら星のページを開いて譜面台に立てかけた。

そう、もうきっと大丈夫だ。

それから小一時間、恵理たちは明日に向けた美咲の練習に付き合った。ブランクのせいで最初は音程をとるのも一苦労だったが、バイオリニストの娘だからか、それとも抱いた決意のおかげなのか、すぐに美咲は立派に弾きこなすようになった。

「がんばってね、美咲ちゃん」

別れ際にこっそりと伝えれば、恥ずかしそうに、しかし嬉しそうに、美咲はうんとうなずいた。

数日後のことだ。

先日の礼をしたいと、百合ヶ丘美奈が訪ねてきた。

「もう夢に男の子は出てきませんか？」

「はい。あの日以来一度も。彰志《あやし》さんや富沢さんのおかげです。本当にありがとうございました」

やはり、彼《か》の男の子は美咲の分数バイオリンの魂だったらしい。駒も再び立ち、心を痛めた懸案《けんあん》も解決の兆《きざ》しが見え、満足しているに違いない。

「美咲ちゃんはどうしていますか？」

尋ねると、美奈はふっくらと赤い頬をさらに赤くして、一枚の写真を差し出した。

「それを、一番お礼しなくちゃと思って伺ったんです」

写真には、分数バイオリンを持った美咲と、美奈が写っていた。泣いたあとなのか、二人とも目を真っ赤にしているが、それでも満面の笑みだ。

「この間の、私の誕生日の写真です。美咲、私への誕生日プレゼントに、きらきら星を弾いてくれました。本当に、お二人のおかげです」

そう聞いて、恵理と大地は思わず笑みを浮かべて見合った。

うまくいったのだ。

美咲が祖父母の家から分数バイオリンを持ち帰った理由。それは、母の誕生日にもう一度、バイオリンを弾いて聴かせるためだった。

彼女はずっと後悔していたのだ。このバイオリンを投げ捨てたことも、母にひどい言葉を吐いたことも。

「そのあと、美咲とじっくり話をしたんです。お互いの気持ちをきちんと整理するために。そうしたらあの子、こう言ってくれました。楽器を投げたあの時は、自分を放っておくようなお母さんの思いどおりに楽器を弾くのが、とても嫌だった。でもバイオリンが嫌いなわけでも……私が嫌いなわけでもないんだって」

美奈の瞳は、いつの間にか潤《うる》んでいた。

「美咲は、私とも楽器とも、ずっと仲直りしたかったんだって言ってくれました。それであの子、私の誕生日にきらきら星を弾いてくれたんです。今はこれしか弾けないけど、いつかママと一緒に弾けるようにまたがんばるからって……」

とうとう美奈はたえられず、下を向いて嗚咽《おえつ》を漏らした。

よかった。

恵理まで瞳の奥が熱くなってくる。

きらきら星、別名『ねえママ聞いて』。

男の子がこの楽譜を見せたのは、単に美咲が弾こうとしているのがこの曲なのだと教えるためだけではないのだろう。彼は示したかったのだ。美咲が秘めた本当の想いを。新しい始まりが来《きた》らんとしていることを。

きらきら星。

誰もが最初に習う、始まりを告げる曲。

『ねえママ、聞いて』と母を見上げた記憶は、誰にでもある。

美咲だけではない、美奈にもきっとあるだろう。そして、惠理にも確かにあったのだ。

惠理は、こぼれる涙をそっとぬぐった。


「これ、思いっきり目立つところに飾っておきましょう」

大地が嬉しそうに写真立てを見つめている。中には、店の前で撮った記念写真が入っていた。先日帰り際に、美奈に一緒に撮ってもらったものだ。

「なんといっても、あの『美人バイオリニスト』です。これが目に留《と》まれば、うちの知名度や信用も少しは上がりますよね」

しかし弦城は不満げだった。

「だからって、なんで俺が引っ張り出されなきゃならなかったんだ。どうせ俺なんて、普通の人間には見えないのに」

　確かに写真には、大地と惠理、百合ヶ丘美奈の他に、いつもどおりのしかめ面《つら》ではあるが、きっちり弦城も写っている。惠理と大地に無理やり並ばされたのだ。もちろん彼が写っているのは惠理たちにしか見えないが、惠理たちに見えればそれでいい。

だって、と惠理は説いた。

「本当のヒーローは弦城さんですよ？　弦城さんのヒントがなかったら、真相に到達できませんでした。それに他の人が見えなくても、私たちにはちゃんと弦城さんが写ってるの見えますよ。弦城さんが集合写真にいないのなんておかしいです」

「そういうものか」

「そうですよ」

　力説するも、弦城はふん、と鼻を鳴らしてソファの方へ行ってしまう。

「どうせまた照れてるんですよ、ほっときましょう。それより富沢さん、この間預けてくれたグレゴリアスですけど、調整終わりましたよ」

「え、本当ですか？」

「ええ、貼り直した表板の乾燥も終わりました。もう弦も張ってあります。ほら」

工房からひょいと渡されて、両手に受け取る。

「軽い！」

「でしょう？　がんばって削ったんですよ。だんだん気分が乗ってきちゃって、裏板とか、がたがたの指板《しばん》とかまで直しちゃいました。まあ、あんまり長持ちはしてくれないと思いますけど、入門楽器としては悪くはないかと」

恵理は弾《はず》む心のまま、矯《た》めつ眇《すが》めつ楽器を眺めた。本当に見違えるようだ。いかにもだめ楽器の気配を醸《かも》し出していた元凶の、楽器の重さはかなりましになったし、駒からあご当てに至るまで、大地が気を遣《つか》って合わせてくれたのがよくわかる。

「音もだいぶよくなりましたよ。弾いてみませんか？」

大地が箱から弓を一本選び、緩く張って差し出した。一瞬躊躇《ちゅうちょ》したが、断るわけにはいかない。弓を受け取り、楽器をくるりと回して肩当てをつけた。そっと左肩に載せる。

ふと大地、それに弦城の視線を強く感じた。

そうか。二人の前で楽器を構えるのは初めてなのだ。

すべてを見透かされそうで怖くなり、恵理は自然と彼らに背を向けた。

大丈夫。楽器の調子を見るくらいなら、ハッピームジークでもやってきた。そう自分に言い聞かせ、小さく息を吸いこんで弓を一番低音、G線に当てた。

「音階くらいしか弾けないですけど……」

言い訳を用意してから、そっと右肩から二の腕に力を入れ、弓を滑らせる。弦が震え、そして表板が、裏板が震え、Gの音が緩やかに左の肩あたりから広がった。

順に弦を移り、最後に一番高音のE線を弓の先まで弾ききって、惠理は楽器を肩から降ろした。

「確かに全然違いますね。かなりよくなった気がします。しっかり振動が音に変わるようになったというか。本当にありがとうございました、彰志さん」

いいえ、と大地は照れくさそうに笑った。笑い返しつつ、惠理は心の中で楽器に声をかける。

いい職人さんに巡り会えてよかったね。

きっとこれなら、誰かに気に入ってもらえる。楽器として愛され、全《まっと》うできる。どうか、今度はいい相棒に巡り会ってね。そう心から願った。

弦や表板についた松ヤニを丁寧に拭《ふ》き取ったあと、惠理は大地に楽器を返した。

「それで、どうします？　これ」

「予定通り、この店で売ってもらえますか？　売り値はいくらでもいいので」

「いいんですか、ちょっと手元に置いて遊んでみたりしなくて。せっかく大枚はたいて買ったのに」

　いいんです、と惠理は笑った。

「私、もう十年くらいかな、ずいぶん真面目に弾いてなくて。あってもあんまり意味ないんです」

「え、そうなんですか？　それはもったいない……いやでも待ってください。習ってたんですよね？　さすがに楽器は持ってるでしょ？」

「それが実は、今は一本も持ってないんです。昔使っていた楽器は、バイオリンを始めた又従兄弟《またいとこ》にまるっと譲ってしまって」

「うわ、本当ですか？　意外です」

「そうですか？」

「だって富沢さん、すごいフォームきれいですもん。手が長いから、昔の名演奏家《マエストロ》みたいです」

「……やだな彰志さん、お世辞でも言いすぎですよ」

「いやいや、お世辞じゃないですよ。もったいないです、普通に」

　そんなことはない。やるだけやって、そして『通用しない』と判定されたのだ。本当に昔のマエストロみたいだったら、どんなによかったことか。

喉《のど》のあたりが締めつけられたように苦しくなってきて、惠理は強引に話をまとめに入った。

「とにかく、このグレゴリアスはここで売ってください。誰かに使ってもらえるのが一番ですから」

大地はなにか言おうと口を開けたが、結局わかりました、と答えた。

「じゃあ、値段考えときますね」

「お願いします」


「やっぱり引き取らないのか？　あの楽器」

ソファの向こうから、弦城が尋ねてくる。

「あんたは母親に、もう一度きらきら星を聴かせてやらないのか？」

惠理は小さく息をついた。弦城にはなんでもばれてしまう。母との確執《かくしつ》がバイオリンがらみだとは一言も言っていないのだが。

「心配してくださってありがとうございます。でも、もういいんです」

遅すぎる。いろんな意味で、すべてが遅すぎる。惠理の挫折も、母との確執も、すでに過去のものだ。感情の波は固く凍りつき、今さらどうするものでもない。

「そうか」

弦城は長いあいだ、胸に言葉を溜《た》めるように恵理を見つめていた。が、やがて視線を逸らし、まぶたを閉じた。

第三楽章

一

あっという間に一カ月が過ぎた。

おおむね平穏で、楽しい日々だった。

普段は楽器の調整法を習いつつ、大地《だいち》の手伝いをする。相変わらずおかしな依頼も時折来るが、それも順調に解決できていた。といっても、やはり糸口を見つけてくるのは弦《げん》城《じょう》だ。弦城はあんな態度をしている割に、人間の細やかな感情の機微《きび》によく気づく男で、ふとした言葉尻や態度から、たちまち解決に導いてしまう。あまり役に立っていない自分が少し悔しくもあるが、ストラディヴァリウスと張り合っても仕方ないとも恵理《えり》は思っていた。そう、仕方ないのだ。出来が違うのだから。

そんな毎日の続く七月のある日だった。

外から帰ってきた恵理は、店の中に入った途端、同行していた弦城と言い合いを始めた。

「だからなんで弦城さんはそうやって、やる前から嫌だって言うんです。やってみればいいじゃないですか」

「必要ないって言ってるだろうが。今まで困ったこともない。だいたいやり方もわからない」

「じゃあ教えてあげます。ほら、こうですよ。頬に力を入れて、口角を『に』、ってすればいいんです。いえそれじゃ逆ですよ、しかめ面《つら》じゃないですか。口角は下げるんじゃなくて上げて」

「いいだろどっちだって」

工房で作業していた大地は、横板に癖《くせ》をつけるために使う木枠を机に置き、おおげさに息をついた。

「弦城、今日はなんの喧嘩だ？」

「喧嘩じゃない。無理難題を押しつけられてるだけだ」

「私、笑ってみたらどうですかって言っただけなんです。でも嫌だって言われちゃって。あ、これ、杏奈《あんな》さんに頼まれたお弁当です」

恵理は大地に、巾着《きんちゃく》に入ったわっぱ弁当を差し出した。杏奈からの差し入れだ。大地は礼を言うと早速開いて、げ、と顔をしかめた。

「しいたけめちゃくちゃ入ってる」

「昨日残してたので、あえて入れたって杏奈さん言ってましたよ。しいたけ嫌いなのはよくわかってるけど、ちゃんと食べなさい、だそうです。残したら明日から倍増させるって」

「嫌がらせか」

そう言いつつ大地は、心なしか嬉しそうだ。

大地の大学時代の先輩であり、この工房の家主《やぬし》である杏奈。彼女は夫の急死後、まだ小さな娘とともに首都圏から仙台《せんだい》に戻ってきたという。そして実家の不動産管理の傍《かたわ》ら、数軒隣のビルの一階で、昼だけ弁当屋を経営している。大地への弁当は、作業に没頭すると食事を忘れがちな彼のための特別メニューだそうだ。

大地は丁寧《ていねい》に弁当を包み直し、机の端に置く。それから話を戻した。

「でも富沢《とみざわ》さん、なんで急に弦城を笑わせようと？　確かにこいつ、無愛想ですけど」

実は、と恵理は答えた。

「さっき杏奈さんが仰《おつしや》ったんです」

弁当を受け取りに行ったとき、恵理の隣でいつものごとく表情の乏《とぼ》しい弦城に、杏奈が『そろそろ笑う練習でもしたら？』と言ったのだ。

杏奈としては、軽い世間話のつもりだったのだろう。でも弦城は、嫌だと即答した。なぜ俺がそんなことをしなくてはならない。する必要をまったく感じない。

杏奈はその返答に心底呆《あき》れたようだ。肩をすくめて諭《さと》した。

弦城くん、そうやっていつまで経《た》ってもにこにこできないのはさ、人間暮らしに手を抜いてるからじゃないの。

「手を抜いてる、ね。さすが杏奈さん、手厳しい」

「普通に失礼だ。お前からも言っておけ」

「いや、杏奈さんの言うとおりだ。お前口は動くけど、ほんとに大事な笑顔がないもんな」

「そんなの必要ない」

むっとした弦城に構わず、大地は続けた。

「そうか？　機嫌の悪そうな顔ばっかしてると、いつかみんなに愛想尽かされると思うけど。そう思いませんか富沢さん？」

そうですよね。恵理はそう答えようと思った。でも弦城が刺さるような視線を自分に向けているのに気づいて、喉《のど》がつまったようになった。感情の窺《うかが》えない、冷たささえ感じる視線だ。

「えっと、あの……」

「とにかく」と弦城は背を向けた。「俺はこのままで十分だ。俺を変えようとするな。この話もこれ以上するな、迷惑だ」

そして声をかける間もなくかき消えた。

「なにが不満なんでしょうねえ」と大地が肩をすくめる。

「わかりません」

恵理はそう答えるしかなかった。

弦城が笑わないことは、実を言うと恵理も大地も気にしている。いつもの弦城ならばいいのだ。彼は表情こそ乏しいものの、感情自体は豊かだし、十分心を開いているように見える。でもときどき、こういう場面で感じてしまう。ああ、決定的に一線を引かれている、と。

弦城は決して、自分の深い感情をこちらに表そうとしない。だから彼がここに来たそもその原因、弾《ひ》かれることを拒絶している理由がなんなのかだって、いまだに糸口すら摑めない。その事実が、彼が頑《かたく》なに笑みを見せないのと結びついて、恵理たちの心を落ち着かなくさせる。

「まあいいですけどね。ストラドの気持ちなんてどうせ俺らにはわかりませんし」

大地は諦《あきら》めたように言って、作業に戻った。確かにそうなのかもしれない。弦城の気持ちをわかろうとすること自体が、おこがましいのかもしれない。

恵理も楽器ケースを置き、仕事に戻った。

客は訪れず、しばらく黙々と作業が続いた。楽譜棚を整理してから、弓の毛の在庫を確認しようと工房に入る。

と、大地が世間話でもするように口を開いた。

「ところで富沢さん、また楽器、始められませんか？」

「え？」

突然何を言いだすのだろう。表情が固まった恵理に気づかず、大地は続ける。

「俺の大学時代の仲間がアマチュアオーケストラをやってるんですけど、そこで一緒にやりませんか？　初心者も経験者も、前からの知り合いもそうじゃない人もいろいろいますけど、みんないい奴だから全然心配はいりませんよ。俺や杏奈さんも暇《ひま》があれば参加してますし。ま、市民オケの常で弦楽器奏者は足りないし、全然うまくはないし、音楽が好きって気持ちだけで活動しているようなものですけど、でも楽しいのは保証します」

「そう、ですか」

答えが見つからない。誰よりもバイオリンを愛する大地の仲間だ、きっと皆優しくて、楽しいのは本当だろう。でも恵理は、なぜ大地がこんなことを言ってくるのかわからなかった。このあいだ、グレゴリアスの件で、楽器はもう弾かないと言ったではないか。

「お気持ちは、嬉しいんですが」

恵理はやっとのことで口にした。

「私、前も言ったとおり、バイオリンはもう弾けないんです。だからそういうの、できなくて。申し訳ないです」

「そうですか。それは残念」

大地はあっさりと引き下がる。しかしほっとしたのも一瞬で、探るように尋《たず》ねられた。

「余計なお世話だとは思いますけど、なにか弾きたくない理由でも、あるんですか?」

「それは……」

「いえ、すいません、余計なこと訊《き》きました。ま、気が向いたら是非《ぜひ》来てください。俺たちはいつでも待っているんで」

「そうします。……ありがとうございます」

取り繕《つくろ》うような笑みを残し、そそくさとキッチンへ向かった。カップにエスプレッソマシンから熱湯を入れ、箱からティーバッグを取り出したところで、無理やり作った笑みはため息に変わる。

やっぱり大地も気にしているのだ。

恵理はこの工房に来てから、一度も楽器を弾いていない。もちろん楽器の性能を見るという名目で弓を動かすことはままあるが、自分そのものが表れてしまうような状況、つまり音楽を奏《かな》でるような事態は頑なに避けている。当初は軽い気持ちで、デュオでもしませんか、と誘ってくれていた大地は、訝《いぶか》しんでいるのだろう。

いや、もしかしたら。大地はもう、弦城からなにか聞いているのかもしれない。

そう思うと気が重くなった。

ストラドらしい、繊細な感性の賜物《たまもの》なのだろうか、弦城は具体的なことはなにひとつ明かしていないはずの惠理の挫折《ざせつ》を見通している。

それどころか今思えば、弦城は会った当初からなぜか、惠理の根本的な問題が、仕事をクビになったことではなく、バイオリニストになれなかったところにあると見透かしていたような気もする。

正直なところ惠理は、近頃そこに薄気味の悪さを感じていた。

いや、薄気味が悪いというのとは違う。言葉こそぶっきらぼうだが、弦城が優しい男なのはよくわかっている。でもなんというか、彼には惠理自身すら知らないなにかを握られているような気がしていた。この一カ月、ことあるごとに楽器を弾かないのか、と問いかけられてきたのも関係があるかもしれない。

弾かないのか、と尋ねる言葉自体は柔らかいし、惠理が断ればすぐに退《ひ》く。しかしその回数は執拗《しつよう》ともいえるほどだった。それがなぜなのかわからなくて、怖い。

なぜ彼は、それほどまでに惠理に楽器を弾かせたいのだろう。弾かなくたっていいではないか。確かに弾くにこしたことはないが、楽器の弾けない楽器職人や楽器店店員なんてたくさんいる。

そんなことを考えていたときだ。

「おい」

よく響く声が、すぐ後ろから聞こえた。

弦城だ。不機嫌を引きずり楽器に籠《こ》もっていたと思ったが。振り返らず口を開く。

「弦城さん？　機嫌直ったんです？　お茶でも――」

「なぜ断る」

惠理は口をつぐみ、そこで初めて振り返った。いつもどおり、感情の薄い弦城の瞳が、まっすぐにこちらに注がれている。しかしその声には、惠理の隠してきたすべてをえぐり出そうとするような響きがあった。

「……なんて言いました」

「なぜ大地の申し出を断るんだ」

心臓がリズムを無視して飛び跳ねる。息が止まりそうになって、惠理は胸を押さえた。

「それは……いつも言ってますよね。私もう、楽器演奏には興味ないって」

「そんな答えは聞き飽きた。俺は、なぜ弾くことから逃げるのか、と訊いている」

「別に逃げてません」

「逃げてるだろうが」

「逃げてませんって！」

恵理が思わず強く言い返すと、弦城は憐《あわ》れみのにじむ声音でつぶやいた。

「あんたはどうしてそうなってしまった？　俺にはわからない」

「そうなったって……意味がわかりません」

突き放されたような気がした。同時に、もう我慢できない、そう思った。

「意味がわかりません！　私は弾きたくないって何度も言ってるじゃないですか！」

『楽器店の店員』として弾くならいざ知らず、『富沢恵理』としてはもう二度と弾きたくないのだ。恵理が楽器を弾くというのは、否定された自分を思い出すことで、挫折の記憶を掘り起こして自分に突きつけることだ。なぜわかってくれないのだろう。

声を聞きつけ慌《あわ》てて割って入ろうとした大地を押しのけ、恵理は叫んだ。

「なんで何度も何度も同じ問いを繰り返すんですか？　何を知ってるっていうんですか？　言いたいことがあるなら、全部言ってくださいよ」

「別に知ってることなんてなにもない。ただ俺は、なぜ昔をなかったことにしたいのかがわからないだけだ。選ばれし一握りにはなれなかったかもしれないが、あんたの中には確かに音楽があった。なのに」

「なんでそれがわかるんです。弦城さんは、私の演奏なんて聴いたことないじゃないですか。私の演奏は否定されたんです。誰の心も動かせなかったんです」

「そんなことはないだろ。あんたの母親だって評価してた」

「母は音楽を評価したんじゃない。がんばった私を評価しただけです。みんなそうです。私の音楽が優れているなんて誰も思わなかった。それは私自身が一番わかってるんです」

「誰もなんて言いすぎだ。俺は、あんたの音楽に心動かされた」

「だから何を根拠に」

「ずっと覚えていた」

恵理は顔を上げた。

覚えていた？　何を？

時が止まったような気がした。

「あんたには確かに、難曲を弾きこなす技術はなかった。でも音楽をやろうという意志はあった。美しいメロディを聴かせようとする心はあった。好きで終わらず、必死に想いを音に変えようと努力していた。だから俺はずっと覚えていた。あんたの音楽が好きだったから」

「なんの話です」

冷や汗が背を伝っていく。頭の隅ではもうわかっている。でも尋ねずにはいられない。

「初めてこの店に来たときも、あんただってすぐわかった。あの時、バイオリンと生きる道を捨てようとしてたところを引き留《と》めたのも、別に楽器店で働いてほしかったからじゃない。あんたの音がもう一度聴きたかった。もう一度、あのころみたいな気持ちで弾いてほしかった」

もう、わかってくれるだろう。弦城は告げた。

「俺はあの日、あんたが弾いたストラディヴァリウスだよ」


嘘だ。

恵理はそれしか考えられなかった。

嘘だ。全部嘘だ。

弦城は、嘘をついている。

「嘘、つくの、やめてください」

震える声に、弦城の眉がわずかにひそまる。

「嘘なんかじゃない」

「だって、私が借りたストラドは『ヨハン』って名前だったのに」

首を振る恵理を、困惑《こんわく》したように弦城は見つめた。予想していなかったという顔だ。

「弦城の正式な通称は、『ヨハン』なんです、富沢さん」

口をつぐんでしまった弦城の代わりに、大地がおずおずと告げる。

「弦城と名づけたのは、日本で最初に彼を手に取った中野泉《なかのいずみ》ですが、その前に使っていたドイツの貴族の名にちなんで『ヨハン』と呼ぶのが、業界では一般的なんです。俺は、弦城が嫌がるのでその名称は使わなかったんですが」

「なんですか、それ……」

そんな偶然があるだろうか。十五年前に一度だけ借り受けた楽器が、都合よく目の前に現れる。にわかには信じられない。

いや、百歩譲ってその偶然を信じたとしよう。でも。

「だったら、なぜ今まで黙ってたんですか。今さらお前を知っていた、覚えていたなんて言われても……どうすればいいのか」

弦城は今まで十五年前の事実を隠していたのだ。なぜかは知らないが、彼なりの考えをもって口をつぐんでいた。それでよかった。別に教えてくれなくてもよかったのだ。そんな昔の記憶を共有していることなんて、むしろ知りたくなかった。

なのに彼はあえて口にした。

恵理を勇気づけようとして。十五年前の出来事を掘り起こすことで、恵理が前を向けるに違いないと、大きな誤解をして。

恵理のことをずっと覚えていた？　恵理の音楽が好きだった？

ありえない。

弦城はストラディヴァリウスだ。バイオリンの最高峰、すべての弦楽器の王。当代最高の名演奏家たちに何度も弾かれ、誰もに愛されてきた。そんな彼が、恵理の音楽を覚えているわけがないのは、まして好きなんて感情を抱くわけがないのは、よくよく、重々、骨の髄《ずい》まで叩きこまれるようにわかっている。

クラシックの世界は、気持ちが籠もっているからといって評価されるような甘いものではない。伝えたい感情を、冷静に音に変える技術があってこその音楽だ。恵理が評価されなかったのは、覆《くつがえ》すことなんてできない、海よりも深い事実なのに。

なのに弦城は、こんなわかりきった嘘に恵理が救われるとでも思ったのだろうか？

惨《みじ》めだった。

「そんなこと、言ってくださらなくていいんです、弦城さん」

恵理は、苦しく口を開いた。

「あなたの優しさは本当に嬉しいです。でも、いくら弦城さんでも、定まった天地は絶対にひっくり返せないんです。だから、お願いですから、放っておいてくれませんか」

そう伝えるので、精一杯だった。

——これが、恵理ちゃんが本番で使う楽器、ストラディヴァリウスの『ヨハン』です。ストラディヴァリって知ってるかな？　え、知らない？　そっか、まあいいや。古くてすごい楽器なんだよ。作られて三百年、日本に来てからだってもうすぐ百年、すごいでしょ。うん、そうだね、『ヨハン』って呼んであげると喜ぶかも。それがこの楽器の名前だからね。

はい、じゃあ渡すよ。恵理ちゃん、いつも大事に楽器を使ってるから大丈夫だと思うけど、この楽器はいつも以上に大事に大事に、大切に使ってあげてね。とても繊細で、壊れやすい楽器だから。

——練習ごくろうさま。どうだった？　よく弾けた？　そっか、それはよかったね。『ヨハン』も恵理ちゃんのこと、気に入ってくれたのかもしれない。一週間後の本番でもまた会えるから、楽しみにしていてね……。

そこで目が覚めた。

布団《ふとん》の中、まぶただけ開いて息を吐く。朝の強い日の光が、カーテンの隙間《すきま》を縫って殺風景な天井を染め抜いていた。

夢か。

十五年前、『ヨハン』――いや、弦城を初めて借りた日の夢を見てしまった。ここ数年は、ずっと思い出しもしなかったのに。

すっかり目が覚めてしまって、惠理は諦めて起き上がった。着替えて廊下に出ると、まだ早い時間だからだろう、しんと静まり返っている。足音を立てないようにそっと洗面所に入って歯を磨き、顔を洗った。

あれから数日。惠理は、弦城とうまく会話ができていなかった。

彼はなにも言ってこない。本当に、なにも、なにひとつ。自分勝手だとわかっていても、それがつらい。弦城のことは好きだから、彼といつまでもうまくいかないのは耐えられない。

でもだからといって、どうすればいいのかはわからなかった。もしかしたら彼は、本当に惠理の音楽を評価してくれていたのかもしれない。そう思おうと何度もしたけれど、やっぱり無理だった。

そんなわけはないのだと、自分が一番知っている。中学から高校にかけ、何度もコンクールに挑んでは敗れ去ってきた。正しく、公平な――つまり容赦《ようしゃ》のない評価が、当時の恵理のすべてを壊し、今の恵理を作りあげたのだ。

つんときた目を冷やすように何度も顔を洗い、身支度を調《ととの》え外に出た。外階段から一階へ降り、店のドアを開けて静まり返った店内へ。

掃除をするにはまだ早すぎる。そう思って工房のパソコンの電源をつけた。メールチェックを済ませたあと、目的もなくニュースを流し読みする。ふと、大規模な情報流出事件の記事が目に留まった。本社のコンピュータから内部情報が漏れた疑いがあるという、その会社の名は中野商店。

急に弦城のことを思い出し、心が沈む。

中野商店。それは弦城の本来の持ち主、中野一族の経営する企業だ。明治に中野泉という男が商店運営に乗り出して成功したことで生まれた会社で、今でも恵理の出身県やその周辺でデパートを経営している。中野泉は非常に先進的な人だったらしく、『ヨハン』を購入し弦城と名づけたのも彼だった。

そういうことを、恵理はこの一週間でようやく知った。なにも知らなかったのだ。というよりも知らないようにしていた。知りたくなかった。恵理は、自分が弦城を借り受けたコンサート、『チャレンジこどもオーケストラ』の協賛企業のひとつに中野商店があったことも、大地から聞いて初めて知ったほどだった。

　検索すれば、中野商店のＷＥＢページの文化事業欄に、確かにチャレンジこどもオーケストラの項目が見つかった。どうやらこの試みは今も続けられているらしく、いくつかの財団に交ざって中野商店も変わらず楽器を貸し出しているようだ。

　もっとも今貸しているのは、ストラドほど立派な楽器ではない。恵理が出たのはちょうど第一回の年だったから、最初だからと破格の楽器を用意してくれたのだろうか。

　しかし、

「あれ？」

　恵理はふと開いた、過去に貸し出された楽器一覧のページに首をかしげた。『ヨハン』の名がないのだ。リストに並ぶどの楽器よりも輝かしい経歴を持つ楽器のはずなのに。

と少し考えて、ようやく理由らしきものに思い当たった。

　そうだった。弦城さんは今、鳴らないんだった。

『ヨハン』はどんなに弾いても音が出ない楽器なのだ。そんなオカルトじみた楽器は、リストに載《の》せづらいのだろう。

　そんなことを思った時、気配を感じた。

「なに勝手に、人のことを調べてる」

はたと振り返ると、冷たく見下ろす瞳と視線が合う。弦城だった。

「人には放っておいてと言うわりに、自分は首をつっこむのか？」

「いえ、そういうわけでは、その……。そうですね、ごめんなさい」

開いていたページを閉じる。確かに弦城の言うとおりだ。自分が考えなしだった。

「私、外掃《は》いてきますね」

弦城の強い視線を感じるが、とても目を合わせられない。逃げるように立ち上がった。

逃げるように、ではない。事実逃げている。今までのように接したいと願っているのに、そのきっかけを摑むことを自《みずか》ら放棄《ほうき》している。

きっとこういうところが、私はだめなんだ。

こういうところが——こういう逃げ癖が、いろんなものを失うすべての原因なのだ。そうわかっているのに、変えられない。変えられない自分が、情けなかった。


この日の夜、久しぶりに惠理は弦城を携《たずさ》えて出かけることになった。場所はあやしバイオリン工房から一キロほど東、五橋《いつつばし》の駅近マンションだ。もともとは惠理と弦城がうまくいっていないのに気を遣ってくれた大地が行くと言っていた仕事だったが、杏奈の子供が熱を出して、大地は急遽《きゆうきよ》そちらに車を出すことになったのだ。

五橋まではバスや地下鉄を使うより歩く方が早い。惠理は細い路地を、『弦城』のバイオリンケースを背負って歩いた。魂のほうの弦城は、数歩後ろをついてくる気配がするだけで、一言も口をきかない。

仕事は、最悪といっていい部類のものだった。ある夫妻の夫の方が、自分の楽器が夜な夜な夢に出てきて、妻にひどいことをされるのだと訴える、実際その楽器はニスが溶け、ニカワが剝《は》がれ、見るも無惨な状況だ。きっと妻がなにかしているに違いない。そう相談してきたのだが、よくよく調べれば、ひどいことをしていたのは当の夫の方だった。楽器が夢に出てくるなんて大嘘で、新しい楽器を買う資金に困っていた夫が、妻に楽器破損の責任を押しつけて金を出させようとしていたのだ。すったもんだの末、彼は自ら楽器を日中の車内に放置したのだと白状した。

苦労をともにしてきた楽器へのひどい仕打ちに、そして自分自身がそんな計画に利用されかけたことに、惠理は腹が立って仕方なかった。

そのあと起こった、警察を呼ぶだの弁護士を呼ぶだのの大騒ぎの中、なんとか破損した楽器を修理する算段を取りつけ帰宅の途についたのは、夜半を回りかけたころだった。

徒労を肩に載せ、路地を歩く。一時は噴き上がった怒りも、とっくに冷えてしまった。治安の比較的よい仙台とはいえ、タクシーで帰るべきだと弦城は言ったが、そんな気力も起きなかった。

「大丈夫です、弦城さんがいてくれますし」

疲れているせいで、かえって自然に話しかけられることに感謝しながら恵理がつぶやけば、弦城は眉をひそめる。

「なにを言ってる。俺はなにもできない。あんたがなにかされても、助けることなんてできないんだ。今からでも大きな道に戻って、タクシー捕まえるべきだと思うが」

「でも、もう半分以上来ちゃいましたから」

あと少し行けば、あやしバイオリン工房が面する通りの街灯の明かりが目に入るだろう。戻るより、進んだほうがもう早い。

夜の仙台は静かだった。遠くで車が走る音はひっきりなしに聞こえるものの、自分の歩く足音に、衣擦《きぬず》れの音。近くでする音はそれだけだ。後ろを歩いているはずの弦城の気配すら感じられなくて、弦城なんて男、本当はいないのでは、そんな考えすら一瞬頭をよぎってしまう。

急に不安になってきて、恵理は思わず振り向いた。すると、

「……なんだ、急に」

驚いたような弦城の視線と鉢合《はちあ》わせした。

胸が苦しくなった。彼はすぐに視線を逸《そ》らしてしまったが、声にはわずかに動揺の色が残っていた。きっと弦城は今、恵理のことを考えていてくれたのだ。恵理が弦城のことを考えていたのと同じように。

「弦城さん」

自然と、言葉がこぼれた。

「いつも心配かけて、ごめんなさい」

「心配？　そんなもの」

していない、と言いかけて弦城は口をつぐんだ。一瞬逡巡《しゅんじゅん》し、やがて、

「あんたは、俺を信じられないんだな」

そう静かに口を開いた。

「あんたには、俺があんたの音楽がすばらしかったと思っていることなんて、信じられない。……どうしてだ」

「ごめんなさい」

「謝ってほしいんじゃない。訊きたいだけだ。俺の言葉には信用がないのか？　俺が人間じゃなくて楽器だからか？」

「そういうのじゃありません。ただ」

「俺がストラディヴァリウスだからか？　名手の手を渡ってきた楽器が、昔のあんたみたいなどこにでもいる子供を評価するわけがないと？」

「そんなことは……」

やっぱり弦城は、なんでも見通してしまうのか。恵理はまぶたを伏せた。

「いえ、そうかもしれません。私は、自分の中に、あなたに褒《ほ》めてもらえるような音楽がなかったと、誰よりもよくわかっているんです」

「そんなことはない」

「いえ、わかってるんです」

「そんなことはないんだ」

「だから弦城さん」

「じゃあ、こう考えてくれないか。『俺が』、あんたの音楽を好きだった。俺がストラドだとか楽器だとか、そういうのは忘れてくれ。ここに立っているこの俺が、あんたの演奏に心動かされたんだ」

「……意味がわかりません」

だめだ、もう。

涙で前がぼやけてくる。

「弦城さんはストラドで、ストラドであることは弦城さんとは切り離せないですよね？」

「それは……そうだが」

「だったら、なにも変わってませんよね、同じですよね？　なにが言いたいのかわかりません」

「恵理――」

「何故なんですか？　どうしてそんなよくわからないこと言ってまで、私の演奏が好きだなんて仰ってくれるんですか？　全然わかりません。私は、信じられないって言ってるのに」

もうなにを言われても、どんなに言葉を尽くされても、それは変えようがないのに。

沈黙が満ちる。

「わかった」

ようやく答えた弦城の声は、夜闇《よやみ》に消えてしまいそうだった。

「だったらもう言わない。言わないから安心してくれ。これで終わりだ」

そして彼は、帰ろうと恵理を促《うなが》した。

車の音がするすると前から近づいてきて停まった。それは白塗りのワゴンで、ヘッドライトがふわりと消えるのを、恵理は視界の隅に見た気がした。黙って歩きだすと、後部座席のドアが開き、男が二人、降りてくる。全身上から下まで黒い。闇に紛《まぎ》れてしまいそうな――。

そこで恵理はようやく気づいた。男たちが覆面《ふくめん》を被《かぶ》っていて、他でもない、自分に向かってきていることに。

悲鳴をあげる暇もなかった。

車の前に飛び出した猫のように凍りついたその一瞬に、腕が伸びてくる。あっという間にバイオリンケースを引ったくられ、別の男に口元と喉を押さえられた。鋭いナイフが目の前で煌《きら》めいている。もう、どうすることもできない。恵理は絶望して目をつむりかけた。

しかしそのとき、先に後部座席でバイオリンケースの中身を確認しようとした男が、あっと声をあげてひるんだ。ケースを開けた途端、耳をつんざくような高音が男を襲ったのだ。弦城の音だった。

間髪《かんはつ》を容《い》れず弦が数本切れて、狼狽《ろうばい》する男の顔をムチのように打つ。きりきりと張られていた細い線、それが一気にはじけ飛んだのだから、直撃すればひとたまりもない。たちまち男は顔を覆って悲鳴をあげる。

そして恵理は、自分を捕まえていた男の腕が、はっきり緩《ゆる》んだのを感じた。

「なに突っ立ってる！　走れよ！」

弦城が怒鳴った。その声に、はじかれたように顔を上げる。

どうやって。戸惑《とまど》いと恐怖がないまぜにわき上がる。でも次の瞬間には、惠理は男を思いきり押しやっていた。走れ、そう言った弦城の声だけが、震える足をバネのように跳ね上げさせる。

あとはもう必死だった。走る。弦城が男たちを留《とど》めていてくれるうちに。

工房はすぐそこだった。惠理は最後の力を振り絞り、白いドアへなだれこんだ。幸いなことに、ドアに鍵《かぎ》はかかっていなかった。

軽やかなチャイムが店に響く。

「お帰りなさい。ずいぶん遅く――」

帰りを待ってくれていたのだろう、いつもの調子で顔を上げた大地が、息を呑んで立ち上がった。

「……どうしたんです」

その顔を見たら、もう立っていられなかった。震えが体をつきあがり、ぺたりと床へ座りこむ。

「大丈夫ですから、落ち着いて」

「大丈夫じゃないんです」

駆けよってきた大地の言葉に、無茶苦茶に首を振った。襲われたことよりなにより、ひとつの事実に地の底まで叩きのめされる。

恵理は何度もつかえながら、やっとのことで吐き出した。

「私、弦城さんを――置いてきてしまいました」


弦城はそのまま、行方《ゆくえ》知れずとなった。

「泣かないで、恵理ちゃんのせいじゃないんだから」

閉め切ったあやしバイオリン工房の店内、ソファの上で泣き腫《は》らしている恵理の背を、杏奈がゆっくりとさする。

「だから自分を責めないで。ね？」

また涙がわき上がった。杏奈は優しい。恵理が逃げ帰ったあの夜から、できる限り寄り添ってくれている。杏奈がいてくれなかったら、今頃どうなっていたかわからない。

でも。

「いえ、私のせいです。私がタクシーを使わなかったせいで、弦城さんは」

弦城を奪われたのが恵理の失態であることは事実だ。そこから目を逸らすことはできない。責めても責めても、まだ足りない。

しかし、

「もういいじゃないですか、富沢さん」

と大地が、工房から口を開いた。

「そんなちょっとした選択のせいじゃないんです。悪いのは犯人たちで、あなたじゃない」

「でも」

「大丈夫ですって。もう警察には通報しましたし、犯人はすぐ捕まります。弦城のことも心配する必要なんてないですよ。犯人がもとから楽器を狙《ねら》ってたのか、たまたま持っていってしまったのかはわからないですけど、どっちにしろストラドなんて盗んだって、いいことひとつもないんです。あの楽器は有名すぎて、すぐに足がつく。売るに売れないうちに捕まるのがおちです」

そうあっけらかんと笑う大地の手は、さっきからひたすらにバイオリンの頭部、渦巻きを削っている。本当は彼も不安なのだ。

「それに考えてもみてくださいよ。あれ、ただの楽器じゃなくて弦城ですよ？　あいつが化け物じみた音でも出せば、怯《おび》えた犯人の方から熨斗《のし》つけて返してきますよ」

「そうかもしれないですが」

確かに弦城は普通の楽器ではない。犯人に姿は見えなくても、彼にはまだ対抗手段がある。音で威嚇《いかく》することも、この間恵理を助けてくれたように弦を切れさせることもできるだろう。だいたい、弦城は弾けない楽器なのだ。そんな奇妙な楽器を手元に置いておきたい人間はそうそういない。いないはずだ。

でも。恵理は両手を握りしめた。

「それでも弦城さんは、ストラディヴァリウスです」

正規の手段で売れなくても、化け物楽器だとしても、ほしいという人間はかならずいる。そんな人間に売られてしまえば、彼は戻ってこない。

「最悪なパターンばかり考えても仕方ないですよ、富沢さん」

渦巻きを置いて席を立った大地に、小さく肩を叩かれた。

「今誰が持ってたって、奴の本当の持ち主はあなたです。信じてやらないと」

「……なに言ってるんです」

本当の持ち主が恵理？　違う、大地だ。もっと言えば中野商店。恵理ではない。

しかし、大地は思ってもみなかったことを言った。

「弦城がどうしても言うなっていうから今まで黙ってましたけど、実はあなたがこの店に働きに来てくれたあの日から、弦城の主《あるじ》はあなたってことになってます」

驚いて言葉も出ない。恵理が弦城の持ち主？

「……どうしてです」

「どうしてか？　簡単です」

大地は杏奈と顔を見合わせ笑った。

「あいつが、あなたを選んだからです。あいつも道具で、バイオリンですからね。主が必要でしょ」

「それは、そうです、けど」

「この二年は俺が主ってことになってましたけど、富沢さんが来たとき、すぐにわかりましたよ。ああ、こいつはこの人の楽器でいたいんだって。ああ見えてわかりやすいですから、あいつ」

「そんな、信じられません」

楽器を弾くことから逃げた恵理を弦城が選ぶなんて、とても信じられない。

「そうですか？　俺たちから見れば、納得ってとこですよ。ま、主っていっても別になにするわけじゃないですから、あまり気にしなくていいですけど、でも持ち主が富沢さんってことは本当です。で、俺が言いたいのは、そのあなたが悲観してちゃだめってことなんです。むしろ、早く帰ってこいって念じてあげてください。もちろん俺たちも友人一同として念じるので」

大地の言葉が、胸の奥へ落ちていく。惠理は静かに涙をぬぐった。

「……わかりました」

自分が弦城に選ばれたというのはやはり信じられない。でも打つ手のない今、最悪の事態を考えても仕方ないのは確かだった。惠理ができるのは、助けてくれた弦城に感謝することと、帰ってきてと願うことだけだ。

「もう泣くのはやめます」

「そうしてください」と大地は微笑んだ。

「じゃあ俺、ちょっくら行ってきますんで、留守番頼めますか？」

「もちろんいいですけど……どこに行かれるんですか？」

いやあ、と大地は困ったように頭を掻いた。

「中野商店から呼び出しを受けちゃって。たぶん、弦城のことでなにか言われるんじゃないかと。楽器としての弦城は、一応借り受けてる形になってるんで」

「私も行きます」

「え、でも」

「お願いします、連れていってください」惠理は立ち上がって頭を下げた。「奪われたのは私です。私がちゃんと、謝らなきゃいけないんです。謝りたいんです」

逃げるわけには、いかないのだ。

大地はしばらく考えていたが、わかりました、と最後には言った。

二

恵理《えり》と大地《だいち》は、仙台《せんだい》駅前のホテルへ向かった。今日の中野《なかの》商店との会合は、そこの会議室で行われるそうだ。

どういうことだろう、と思った。中野商店は、恵理の実家のある北関東で勢力を誇る企業で、当然本社もそこにある。しかしこの日待ち合わせたのはこちらの地元である仙台、しかもホテルの貸し会議室。

「もしかしたら、一方的に怒られるわけではないのかもしれないですね」

エレベーターの中で、大地は苦い顔をした。預かっている高額楽器を盗まれてしまったのだ。本来ならば、本社に呼び出され叱責《しっせき》されても仕方ないような話である。

「一方的に怒られた方がましだったたってことにならないといいんですけどね」

大地がつぶやくと同時に、エレベーターの表示は会議室のある階を指し、音を立てて扉が開いた。

あらかじめ指定された部屋をノックすると、しばらく経《た》って一人の男が扉を開けた。

「よう大地、久しぶり。入ってくれ」

スーツをかっちり着こんだ若い男だ。彼は見知らぬ女性である恵理を一瞥《いちべつ》したが、なにも言わずに中に促《うなが》した。大地と知己《ちき》なのを見るに、これが大地の大学オケの同級、中野晴《はる》樹《き》だろう。中野商店の跡継ぎであり、音の出なくなった弦城《げんじょう》を大地のもとに持ちこんだ男だ。

「とりあえず、座ってくれよ」

扉を閉めるやいなや、晴樹は着席を促した。

「いや、その前に、きちんと謝らせてくれ。盗まれたのはこっちの不手際《ふてぎわ》だ」

「そういうのはいいんだ。というか必要ない。とにかく最初は、こちらの話を黙って聞いてほしい」

恵理と大地は顔を見合わせた。謝罪が必要ない？　こちらの話？　なんだかわからないが、晴樹は早く話してしまいたそうに見える。仕方なく腰を下ろした。晴樹も向かいに座る。会議室は広々としていたが、恵理たちの向かいにいるのは、晴樹と五十代ほどの男性の二人だけだった。妙だ。時価数億はくだらない楽器の話をするには、少々心許《こころもと》ない人数だろう。

晴樹は男性を、中野商店の文化事業統括《とうかつ》部長である渡辺《わたなべ》だと紹介したあと、おもむろに恵理を見やった。

「もしかしてそちらのかたが、富沢《とみざわ》恵理さん？『ヨハン』と一緒だった……」

そうだとうなずくと、恵理がなにかを言うよりも早く晴樹と渡辺は立ち上がり、頭を下げた。

「申し訳ありませんでした」

「え？」

「本当に、大変申し訳ありませんでした。調子が戻られていないとお聞きしていたため、連絡を控えておりましたが、まさか本日ご足労いただけるとは思い至りませんでした。後日改めて弊社《へいしゃ》取締役社長晴孝《はるたか》が、正式にお詫びに伺《うかが》いたい所存ではありますが――」

「ちょっと待ってください。なんのことです？」

動転してしまった。謝りこそすれ、謝られることなんてないはずだ。大地もなんのことやらわからないという顔をしている。

「どういうことだよ、晴樹。その謝罪、弦城――『ヨハン』の盗難に関係あるのか？よくわからないがそうなら、お互い面倒は抜きで、腹を割って話したい」

弦城の話をするなら、無駄な遠回りなんかしたくない。そんな余裕は正直ない。それは恵理も同じだった。

わかった、と晴樹は疲れた顔でうなずき、腰を下ろした。

「じゃあ申し訳ないが、本題に入らせてもらう。先日我が社で起きた情報流出事件、知っているか？」

「一応。カード情報やギフトセンターの顧客データが流出して、業者に回ってることが発覚したんだっけか」

恵理もニュースで知っている。捜査の結果、会社内部の人間が社内情報に不正アクセスしていたとして逮捕され、中野商店は大変なことになっている。弦城の盗難は、泣き面《つら》に蜂の出来事だった。

「それ、『ヨハン』の盗難と関係あるのか？」

晴樹は大地の疑問に、はいともいいえとも答えなかった。

「とりあえず、最後まで聞いてほしい。ご存じかもしれないが、『ヨハン』は近年、中野家じゃなく中野商店の文化事業部の管轄《かんかつ》にあった。会社の財産扱いだったってことだ。でもここ数年の状況は、社内の限られた人間しか知らなかった。人が弾《ひ》いても音が出ないなんてオカルト的な異状、公《おおやけ》にするわけにもいかないしな。他にもいろいろあったし」

「勝手に音を出すことか」

「まあ、それもそうだ。いろんな職人に見せてもどうにもならなくて、そのうちどうやら妖怪だか幽霊だかが憑《つ》いているようだなんて言う奴まで現れた。当然、『ヨハン』がそんなことになったのは上層部、それから文化事業部の一部だけの極秘事項になったし、お祓《はら》いして燃やしてしまえなんて意見まで出ていた」

晴樹の言葉に、隣で渡辺がうなずいた。晴樹は続ける。

「ただ俺もオケでオーボエなんか吹いてた以上、楽器を燃やしちゃうのは気がひけてな、最後の賭けでお前のところに持っていってみた。そしたら、あの楽器の霊とコミュニケーションがとれるっていうじゃないか。そんな奴初めてだったからみんな喜んだよ。そのまま預かってもらって、事態はとりあえずの解決を見た」

「そうだったたな。まあ俺も、奴とうまくやっていけるようになるまではかなり大変だったが」

「それでもお前がいて助かったんだよ。――話が逸《そ》れた。そういうわけで『ヨハン』の諸々《もろもろ》の情報は公開されず、現在の所在地も一部の人間しか知らなかった。それが今回、流出してしまったんだ。すべてが」

「まさかそれで」

晴樹はうなずき、それから惠理に向かって頭を下げた。

「富沢さんが襲われたのは、弊社の情報流出により、ストラディヴァリウスである『ヨハン』の情報、つまり現在の状況を含めた楽器としての価値情報が何者かに渡ったからなのです。先ほど謝罪させていただいたのも、そういうわけでした。本当に、大変申し訳ありません」

「待ってください。と、いうことは」

惠理は血の気《け》がさっと引いていくのを感じた。

弦城の情報が流出した。それで白ワゴンの男たちがやってきたということは。

「あの男たちは最初から、楽器狙《ねら》いだったということですか」

「はい、おそらくは」

「……そんな」

それじゃ私は、みすみす弦城さんを渡してしまったんだ。

後悔に流されそうになる惠理を、大地が強く引き留《と》めた。

「富沢さん」

「もう何度も言ったとおり、あなたのせいじゃないですし、奴が守らなかったらあなたも普通に危なかった。ぐちゃぐちゃ考えると、奴の気持ちを踏みにじることになります」

「そう、ですね。ごめんなさい」

恵理が必死に自分に言い聞かせていると、晴樹がなんともいえない表情をした。

「あの、よろしければ教えていただきたいのですが……もしかして『ヨハン』の霊は、あなたを守ったのですか？」

「……はい」

恵理は少し迷ってから答えた。説明できないから警察には言わなかったが、この人たちはわかってくれるだろう。

「あの人が逃げる隙《すき》を作ってくれなかったら、私は今頃、生きていなかったかもしれません」

それどころか。弦城がいなかったら、大地とも出会わず、仙台で仕事を見つけることもできず、実家でひとり泣いていただけかもしれない。

「あの人は、私の恩人なんです。信じてもらえるかわからないですが」

「そうですか……意外です」

「やっぱり、信じていただけないですね」

「そうじゃありません」と晴樹は首を振った。

「そうじゃなくて、その、なんていうんだろう。僕は『ヨハン』が、人間を守るような楽器だとは思っていなかったんです。彼は、僕ら人間を恨《うら》んでいると思っていた。なので、彼があなたを守ったんだと聞いて、ちょっと、胸がいっぱいになっちゃって」

「人間を恨む？」

突拍子《とっぴょうし》もなく出てきた言葉に、大地も恵理も混乱した。なぜ晴樹が、そんなふうに弦城を見ているのかがわからない。弦城が人を恨んでいるそぶりなんて、一度たりとも見たことはないのだが。

「晴樹、お前なんで奴が人間を恨んでるなんて思うんだ。あいつがお前のところで鳴らなくなったからか？　さすがに誤解しすぎだろ。あいつ、お前や中野商店に恨み言なんてひとつも言わなかったのに」

「でも、本当のことも言わなかっただろ？」

「本当のこと？」

「そうだ」

晴樹は小さく間を置いてから、言葉を継いだ。

「実はあの楽器――『ヨハン』は、ストラディヴァリウスじゃない」

「……は？　いやいやいや、ちょっと待てよ」

大地が立ち上がり、勢いで座っていた椅子が音を立てて転がった。

「なに冗談言っている。いくらなんでも奴を侮辱《ぶじょく》しすぎだ、お前」

「侮辱してるわけじゃない。本当なんだ」

「嘘つけ」

「どうかお座りください、彰志《あやし》さん。私から説明いたします」

渡辺が初めて口をはさんだ。そして助けを求めるように恵理を見つめてくる。

「彰志さん」

恵理は震える声で、大地の袖《そで》を引っ張った。まるで力が入らない。正直大地が立ち上がってくれたから冷静なふりをしていられたが、そうでなかったら、取り乱してしまっていただろう。

「彰志さん、座りましょう。とりあえず。気持ちは私も、同じですけど」

「……すいません。そうですね」

大地は深く息を吸うと、転がった椅子を戻した。

「どういうことです。説明してください。俺もバイオリン職人の端くれです。何度も奴を調整してきた。本物だと信じてきたし、信じている。それを覆《くつがえ》そうというなら、適当な説明は困ります」

「お気持ちはお察しします。私《わたくし》どもも七年前、まったく同じ思いを経験しておりますので」

「七年前？」

「はい。七年前――日本にやってきた『ヨハン』が、我がグループの創始者中野泉《いずみ》の手に渡ってからちょうど百年。その記念すべき年を二年後に控えたときのことです」


ストラディヴァリウスの『ヨハン』。それは中野商店の創始者泉の集めた美術品の中でも、とりわけ大事にされてきた。彼の五番目の息子と称されるくらい、愛されてきたものだったのだ。だから、『ヨハン』が泉のものになって百年経つのを機に、『ヨハン』と泉に焦点《しょうてん》を当てた記念事業を立ち上げる。そういうことになるのは、ごく自然な流れだった。

「『ヨハン』を使ったコンサート、他の名器を集めた展示会。さまざまなことが企画される予定でした。しかし楽器の調子が悪くては元も子もないと、『ヨハン』は記念の年を前に、大規模な修理に回されたのです」

「修理？」

「修理というか、調査、でしょうか。表板を開け、ラベルを始めニスや木の材質、渦巻きの作風の特徴等隅々まで調べて、展示会で解説資料として使う予定だったのです。ですが、その調査の一環で行った年輪年代測定で、衝撃の事実が判明してしまいました」

木材の年輪の形状から伐採年《ばっさい》を特定する年輪年代測定法は、製作年代を正確に調べることができる方法だ。近頃はこの測定法を用いて調査されるオールドバイオリンも多く、中野商店もその流れに乗ったのだった。それが完全に裏目に出ることも知らず。

「年輪年代測定で衝撃の事実？　まさか……」

はっとした大地に、渡辺はうなずいた。

「測定により、『ヨハン』の表板には一八世紀後半のスプルース（唐檜《とうひ》）材が使用されていることが判明しました。しかしご存じのとおり、アントニオ・ストラディヴァリの没年は一七三七年です。一八世紀後半の木材が使用されている時点で、この『ヨハン』がストラディヴァリの作である可能性はゼロ。つまり、まったくの贋作《がんさく》だということが明らかになってしまったのです」

恵理は、呆然《ぼうぜん》とその声を聞いていた。

弦城が、偽物《にせもの》。

とても信じられない話だ。それが科学的に測定したもので、絶対に覆ることのない事実だとしても、にわかに気持ちを切り替えられない。

「待ってください。でもラベルは……それから渦巻きは……。それも全部、偽物ですか？」

恵理以上にショックを受けているのだろう、大地が乾いた声で尋《たず》ねる。

「ラベルは本物と考えられています。それから、継ぎネックされた渦巻きの部分も、本物のアントニオ・ストラディヴァリの手によるものでしょう」

ストラディヴァリウスを含む一八世紀に作られた古いバイオリンは、ほとんどが継ぎネックという手法で修理がなされている。音楽が貴族のものから民衆のものになるにしたがって、かつては想定されなかった大規模なホールで演奏が行われるようになった。しかしバイオリンは、製作された一八世紀当時の構造では大きな音が出ない。それで弦の張られるネック部分を作り直して構造を変える風潮が起こったのだ。

継ぎネックでは、作家性の現れる渦巻きの部分だけオリジナルを残し、他の木材を新しいものに交換してボディと接着させることが多い。弦城の渦巻きがストラディヴァリのものと考えられるということは、おそらく継ぎネックされたとき、そこだけ本物を取り入れたのだろう。

これは我々の推測ですが、と渡辺は重く続けた。

「『ヨハン』は一九世紀のストラドブームの際に、故意に作られた贋作である可能性が高いと考えております。当時は古いバイオリンの継ぎネックが大量に行われましたし、ストラディヴァリウスの価値が高騰《こうとう》し、贋作も大量に作られた時代でした。おそらく製作者は、一八世紀後半に作られたバイオリンのボディ、そしてなんらかの事情で破損して使いものにならなくなったストラド真作のラベルと渦巻きを合わせて、『ヨハン』を作りあげた。そう、我々は思っております。彰志さんは……どう思われますか？」

大地はしばらく口を開けたり閉じたりしていたが、最後には専門家の顔をなんとか保って「そうですね」と言った。

「悔しいですが、それならありえると俺も思います。ただこれだけは言わせてください。確かに奴——『ヨハン』は真作じゃないかもしれないけど、だからといって奴の価値が下がるわけでは決してない。一八世紀後半に作られたっていうボディだって、おそらくはストラディヴァリの工房に連なる人間や、それと同等レベルの名工の手によるものです。『ヨハン』は価値のない楽器じゃない。ただ『いわゆるストラディヴァリウス』でなかった、それだけなんです」

「我々も、それは承知しております。あの楽器が真作でないからといって、美しい見た目や、音の価値が減るわけではない。そう思ってきました。しかし……『ヨハン』自身は、我々がそう思ったと信じてくれなかったようで」

「信じてくれなかった？」

大地は息を呑んだ。

「まさか……奴が弾かれるのを拒否しはじめたのは」

「そう。この修理のあとからなんだ」晴樹が言葉を継いだ。

「『ヨハン』は、俺たち人間の落胆を、敏感に受け取ってしまったのかもしれない。ストラディヴァリウスではない自分には、価値がない、と」

「そんなわけ……」

大地は呆然とつぶやき、それから拳《こぶし》を握りしめた。

「なんで黙ってたんだ、あいつ。俺が信頼できなかったのか？」

怒りと悔しさが入り交じる大地の声に、恵理は泣きそうになった。

そうだ。なぜ弦城は黙っていたんだろう。大地や恵理を、真実を告げるに値《あたい》しないと思っていたのだろうか。信頼できないと思っていたのだろうか。

本当のことを告げれば、皆が自分に背を向けるとでも？　自分の名にしか価値がないとでも？　そんなわけはないと、彼ならわかっているはずなのに。

彼はどんな気持ちで、自分をストラディヴァリウスだと称していたのだろうか。

大地は、晴樹にも怒りの矛先《ほこさき》を向けた。

「だいたい晴樹、お前だってそうだ。弦城の真贋《しんがん》なんて大事なこと、どうして黙ってたんだよ」

「言ってもいいのか、判断がつかなかったんだ。もし言ってもいいなら、楽器の霊が、直接お前に言うと思っていた。そうじゃないなら俺たちも言わない方がいい。そうだろ」

「それはそうだけど」

「でも、今まで黙っていたのは悪かった。お前には世話になってたのに」

大地は疲れたように額《ひたい》を押さえた。

「わかった。ならもういいよ、仕方ない、それは」

「ごめん」

「いいって。それより、肝心なことを聞かせてくれよ」

「肝心なこと？」

「弦城が贋作で、でも一部だけは本物のストラドの部品が使われている。その事実も、やっぱり一緒に流出したのか？」

晴樹は一瞬言葉につまり、それから顔をゆがませて「すまない」と頭を下げた。

「くそ、やっぱそうか……」

恵理は嫌な予感がした。

「どういうことです」

急《せ》かされるように尋ねると、苦渋《くじゅう》の表情で大地は答えた。

「弦城の真贋に関する情報が流出したということは、犯人たちは、弦城を贋作だと知って、あえて盗んだってことです。なぜ、そんなことをしたんだと思います？」

「……弦城さんが鳴らない楽器だったからですか？」

「そのオカルト性に惹《ひ》かれた可能性もありますが、普通はそんなにわかに信じがたい話に全乗りして、強奪までは企《くわだ》てないでしょう。俺は、犯人たちの真の狙いは、弦城を解体して別の贋作に仕立て直すことだと思うんです。弦城が昔、ストラドの部品と名もなきバイオリンのボディから、作りだされたのと同じように」

「え？」

「現代に残る真作のストラディヴァリウスは、数百本と言われています。でも、この世にある『ストラディヴァリウス』と言われている楽器は、その二倍はある。なぜかというと、楽器の真贋に白黒つけるのは非常に難しいからです。弦城のように科学的手法で調べられればわかりますが、普通の売買ではそこまでされることはない。ラベルが本物であれば、一部でもそれらしい特徴を持つバイオリンを鑑定家が真作であると言いさえすれば、それでストラディヴァリウスとして売れてしまうんです。おそらく犯人たちは弦城を解体して、一部にストラドの特徴を持った楽器を一本か二本作るつもりです。『ヨハン』のままでは売れませんが、由来《ゆらい》の知れないストラドなら、いくらでも売り方はある。早くしないと弦城を取り戻すどころか……」

　弦城っていう楽器自体が、この世から姿を消すんです。

　その言葉を聞いた途端、恵理の頭は真っ白になった。

『本当に望んだものは得られなかったとしても、それでもまだ、できることはある』

　初めて会った日、落ちこむ恵理に弦城は言ってくれた。

『大丈夫、信じていいんだ。他でもない、ストラディヴァリウスが言うことだ』

　疲れはて、もうバイオリンなんて関係ない人生を生きようとしていた恵理を、そう励ましてくれた。

　彼はあのとき、どんな気持ちであの言葉を口にしたのだろう。

　真夜中の時計の音を聞きながら、恵理はそんなことばかりを考えていた。明日は早いというのに、いつまでも目は冴《さ》えて眠れない。

　晴樹たちと別れたあと、恵理と大地は自分たちにできることを必死に考えた。犯行グループの足取りを追うのは警察にしかできないことで、そういう意味では恵理たちは待つしかない。でも手をこまねいているわけにはいかなかった。こうしているあいだにも、弦城ははばらばらになっているかもしれないのだ。

それで明日から手分けして、できる限りの楽器店を回ることにした。それぞれの楽器店に弦城の特徴を伝えて協力を仰げば、彼らが仕入れ先で弦城を見つけたときに教えてくれるかもしれない。最悪弦城がすでに別の楽器のパーツになってしまっていても、一部でも回収してやれるかもしれない。

日本は世界有数のバイオリン市場《しじょう》だ。高級バイオリンは高く売れるし、バイオリンを扱う店の数も突出している。もし弦城やその一部が売りに出されても、きっと誰かの目に留《と》まる。

そう信じたかった。

でも。

それでも恵理は、弦城が帰ってくるという希望を持てなかった。

できる限りのことはしているのだ。すでに弦城が日本から出ていってしまったとは考えにくいが、ロンドンやニューヨークで定期的に行われる弦楽器オークションの情報は恵理も大地も隅々までチェックしているし、他にもありとあらゆるオークションや売買には目を光らせている。それでもすべては、気休めに過ぎないと思ってしまう。

だって、恵理を襲ってまで楽器を奪っていった連中が、正規のルートで楽器を売りさばこうとするわけはない。

必死に否定しても、そんな確信めいた予感が夜になれば黒く胸に広がって、押しつぶされそうになる。

眠れなかった。

諦《あきら》めて起き上がると、カーテンの隙間《すきま》から窓を静かに開いた。そっと頭だけ出せば、ぬるい夜風が顔をなでる。夜半を回ったからだろう、街を照らしていた夜の光は静かに沈み、ビルの航空障害灯だけがゆっくりと瞬《またた》いている。その赤に、視線を這《は》わせた。

弦城は、ストラディヴァリウスではない。

そのことを聞いたとき、怒りがわいた。晴樹や中野商店にではなく、弦城にだ。

確かに弦城が贋作なのは事実かもしれない。でも、どうしてそれを隠さなければならなかったのかがわからなかった。どうでもいいではないか。大地も惠理も、ストラドとしての『ヨハン』ではなく、弦城という楽器、弦城という魂を愛してきた。そんなこと、当然わかっているはずなのに。そう思った。

でも。

改めて考えて気づいてしまった。

初めて会ったあの日、惠理は『ストラディヴァリウスが言うこと』だから、彼の根拠のない励ましを受け取れたのだ。もし彼が最初から贋作と知っていたら、あの励ましも、ただの適当な慰《なぐさ》めととらえてしまったかもしれない。彼のなにが変わるわけでもないのに。

そんな自分を思い出して悟った。人に弾かれるのを拒否した、そして恵理たちに嘘をつき続けた、弦城の苦しみを。

きっと弦城は、人々の心が容易に変わる瞬間を見たのだろう。

彼がストラドであろうとなかろうと、彼の美しい音色はなにも変わらない。変わるわけもない。でも人は、伝説の名器の一員と思っていたものが贋作に過ぎないと知ったとき、その事実をすんなりと受け入れて、同じ視線を注ぎ続けられるだろうか。

きっとできない。誰もが驚き、一瞬失望したはずだ。騙《だま》されたと怒る人間だって、いたかもしれない。そしてそんな者は、弦城の美しい音すら貶《おとし》め、『価値がない』と態度を翻《ひるがえ》しただろう。音だけは、本質だけは真作に負けないと信じていた弦城の心を、ぼろぼろに踏みにじって。

そう思うと胸が締めつけられて、猛烈に自分に腹が立ってきた。

ストラディヴァリウスの言うことだから信じてくれ、なんて、弦城だって本当は言いたくなかっただろう。なのに恵理は、あの一言で心を動かした。弦城を苦しめた人々の側《がわ》に、立ってしまったのだ。

それだけではない。恵理は、もっとひどいことをしでかしている。

あのとき。

弦城が奪われる直前のあのとき、弦城は恵理の演奏が好きだったと言ってくれた。ストラドとか楽器だとかは関係なく、弦城自身が恵理の音楽に心動かされたんだと。

でも恵理はそれを、ストラディヴァリウスの言うことだからこそ信じられないと突っぱねてしまった。聞く耳持たず、かわいそうな自分に酔いしれて。

馬鹿だ。

後悔とともに涙があふれ、流れ落ち、たちまち視界に映る夜の仙台がぼやけていく。

あの言葉が嘘かどうかなんて関係ない。そんなのどうでもよかった。弦城の優しさを、素直に受け取るべきだった。なのに。

恵理はただただ震え、嗚咽《おえつ》をこらえ続けることしかできなかった。


数日かけて東京中の楽器店をしらみ潰《つぶ》しに回り、恵理は仙台に帰ってきた。

疲れが両肩を押しつぶすようだった。西から東から、チェーン店からオールド楽器しか取り扱わない高級店まで、すべてを回った。ハッピームジークにさえ足を運んだ。でも、有力な情報は得られなかった。

仕方ないですよと、同じ日に帰ってきた大地が、ソファに頭を埋めてつぶやく。

「やれることはやった。あとは祈るだけですから」

名古屋《なごや》や関西などを飛び回った大地も、新たな情報は持ち帰れなかった。彼が言うとおり、惠理たちはもう、ひたすら祈り待つしかない。

「そろそろいいと思うんですけどね」

大地が机の上の小さなカレンダーを引き寄せ、音を立ててめくる。弦城が奪われてもう幾日経ったのだろう。あっという間に日々は過ぎていく。

「あいつ、化け物楽器ですからねえ。そろそろ犯人も手を焼いて、投げ出してもいいころじゃないですか?」

「……ほんとですよね」

投げ出すどころか、弦城という楽器すらもう存在しないのかもしれないけれど。心中によぎるそんな恐ろしい考えには触れない。二人とも、わかっていて気づかないふりをしているのだ。

あーあ、と大地がおおげさに伸び上がった。

「早く帰ってきてくれないですかねえ。面倒くさい奴ですけど、いないとそれはそれでつまんないですよね」

「そうですね」

「なんというか、別に悪い奴ではないっていうか」

だめだ。

涙が落ちそうになって、恵理は唇を嚙みしめた。泣いてどうする。大地を困らせるだけではないか。弦城と長く一緒に過ごし、盗難になんの落ち度もなかった彼の方が、何倍も堪《こた》えているだろうに。

「すいません。今日はもう寝ますね」

大きく息を吞みこんで、笑みを作った。無理やり笑ってもひどい顔になるだけなのはわかっているが、これ以上はどうしようもない。

「そうしてください。俺も寝よう」

ソファに体を投げ出したまま、大地が手を振る。疲れているようだ。そのままそこで、寝る気なのかもしれない。

お先にと伝えて足早に店を出た。外階段から二階へ向かい、部屋に入るやいなやベッドに突っ伏《ぷ》す。恵理も疲れはてていた。もう一歩も動けない。胸は苦しくて眠れそうにもないのに、身体が覚えた疲労は、すぐに意識を夢の底に沈めていった。

どのくらいたっただろうか。

暗闇の中で、名を呼ぶ声を聞いた気がした。

はっとして、惠理は耳を澄ませた。

惠理。

やはり呼ばれている。目を開けてもなにも見えない。完全な闇《やみ》だ。でもその闇の向こうから聞こえてくる。弱々しくかすれていて、でも、確かに聞き覚えがある声の気がした。ずっと聞きたかった声の気がした。

『惠理』

またその声は名を呼んで、それから小さく苦笑したようだった。

『聞こえないか、やっぱり。夢の中で話しかけるっていうのも、なかなか難しいんだな』

「いえ、聞こえてます」

手が震えてどうしようもない。惠理は何とか暗闇の中で顔を上げた。

「弦城さん、ですよね」

『……やっと気づいてくれたか』

もうだめだった。惠理は飛び起きて、暗闇に向かってがむしゃらに叫んだ。

「弦城さん、どこにいるんです？　無事なんですか？　弦城さん！」

『落ち着け。ここにいる』

「でも姿が見えません。それどころかなにも」

『当たり前だ。これはあんたの夢だよ。俺が少し邪魔してるだけだ。百合ヶ丘美奈《ゆりがおかみな》のバイオリンがやったように』

「夢……」

『もっと簡単かと思ったが、声を届けるので精一杯なうえに、馬鹿みたいに手こずってしまってな。ずっと嫌な思いをさせた。悪かったな』

「いいんです」嬉しくて、恵理は何度も首を振った。「そんなのいいんです、弦城さんが無事ならもうそれだけで」

弦城の言うとおり、確かにこれが夢とは恵理も悟っていた。それでもよかった。だってこうして会いに来てくれたのなら、弦城はまだ、弦城という楽器のままだ。なにも失われていない。取り戻せる。

「ほんとによかった……」

『そうだな』

弦城の声にいつもの艶《つや》はない。でもその声を聞くほどに、おぼつかなかった足元が確かなものに思えてくる。弦城に居場所を聞いて、警察にどうにかして伝えよう。いやその前に謝って、それから感謝を伝えて——。

『そうだな』弦城は静かに、独り言のように繰り返した。

『声だけでも、最後に会えてよかった』

瞬《また》く間に暗闇が揺らいで、恐怖が体中から差しこんだ。

どういう意味だろう。なにが最後なのだろう。訊《き》き返したいのに、恵理の喉から声はいっこうに出てこなかった。問い返したら、聞きたくないことを聞いてしまう気がする。聞いてしまったら、事実になってしまう気がする。それが怖くて、何も言えない。

静寂《せいじゃく》が訪れた。

『悪かったな』

やがて静かな弦城の声が響いた。弦城は何度も口を開いては躊躇《ちゅうちょ》してを繰り返し、ようやく続きを口にした。

『ずっとストラドだって嘘をついていた。怖くて言えなかったんだ』

途端、恵理の胸を吐き気にも似た焦燥《しょうそう》が突き上げた。言わなければ。あなたが誰であろうとなかろうと、関係ない。あなたの価値は私のなかで、一度も揺らいでいない。

恵理は焦《あせ》るように口を開いた。

「弦城さん、私」

けれど弦城は『やめてくれ』と強く遮《さえぎ》った。

『なにも言わないでくれ。今は聞きたいことだけ聞かせてくれ。お願いだ』

喉元を強く押さえつけられた気がして、惠理は言葉を失った。弦城は、信じられないと言っている。なにを言われようと、どんなに言葉を尽くされようと、惠理の気持ちを信じられない、と。

どうして。

耐えきれず、ぽたりと涙が落ちた。弦城が大事なのだ。名前を愛していたわけではないのだ。どうすれば伝わるのだろう。信じてもらえるのだろう。目を見れば伝わるのだろうか、それとも触れられればいいのか。惠理は無性《むしょう》にバイオリンの『弦城』を腕に抱きたくなった。鳴らなくたっていい。ただあの甘やかなカーブに手を添えたかった。

でもできない。

嗚咽が漏れそうになる。歯を食いしばっていると、弦城は再びかすれた声で、でも柔らかに惠理の名を呼んだ。

『泣いてるのか』

「泣いてません」

聞かれた途端に涙がせり上がって、惠理は必死でこらえた。

『なんだ、心配して損した』

「そういうこと言う元気があるなら、早く帰ってきてくださいよ。今どこにいるんです。

教えてくれたら、すぐに警察に連絡しますから」

　でも弦城は惠理の質問には答えなかった。

『惠理』

「なんです」

　惠理ははっとして暗闇を見つめた。

『あんたの音楽が好きだったよ』

『あんたは、俺を手に取ったとき、本当に喜んでくれた。大好きなバイオリンを、皆の前で弾けるんだという喜びにあふれていた』

　やめて。お願いだからやめて。惠理はそう叫びだしたかった。

『あの日の演奏は、本当によかったんだ。あんたがあの曲が好きで、バイオリンを弾くのが大好きだというのは、あの場の誰もに伝わっていた。皆、眩《まぶ》しく見つめていた。嘘じゃない』

「弦城さん、待って」

『それに、これも一応言っておかないと納得しないだろうから言うが、あんたは技術的にも悪くはなかった。確かにうまくもなかったが、それはプロと比べた話だ。アマチュアとしては十分合格点の演奏だった。今度帰省がてら、母親と一緒にＤＶＤでも見てみることを勧《すす》めておく』

「わかりました、そうします、そうしますけど、どうして今言うんです。話なんて、あとでいくらでもできるじゃないですか」

どんな苦言も、優しい慰《なぐさ》めも、全部聞く。聞かせてほしい。でもそれは今ではない。ここで言わなければもう一生言えないわけでもない。

「ねえ、そうですよね、弦城さん」

恵理は祈るように問いかける。でも弦城はほんの少し、息を漏らすように笑うだけだった。

「なんでこんなときだけ、笑うんですか……」

耐えがたい震えが襲ってきて、恵理は必死で歯を食いしばった。

はじめて聞いた笑い声がこれだなんて、信じたくもなかった。ずっと、弦城に微笑んでほしかった。心を開いてほしかった。でもそれは、望んでいたのはこんなものではない。いつかそのときがきたら、最高の笑みを返そう。そうずっと心に決めていたのに。

『やっぱり泣いてるじゃないか』

「だから、泣いてませんって」恵理は意地になって首を振った。「弦城さんが戻ってくるまでは泣きません」

『そうか』弦城はまた笑ったようだった。

『ならひとつ、頼み事をさせてくれ』

「なに、なんですか……」

『俺を弾いてくれないか』

「え？」

『表板でもネックでも、あご当てひとつだっていい。もし俺の欠片《かけら》がひとつでもあんたらの手に戻れたら、もし運よくそんなことがあったなら、大地にもう一度、バイオリンに組み立ててもらいたい。そのバイオリンを、あんたに弾いてほしい』

「私、に」

『そう。それはもう俺じゃないかもしれないが、それでもあんたに弾いてもらいたいんだ。頼めるか』

弦城のたっての頼みならば、断れるわけがない。でも。

「私なんかでいいんですか」

『あんたがいいんだ』

「どうしてです。私は、そこまで言ってもらえるような人間じゃ……」

『俺にとって、あんたは特別だったんだよ』

弦城は遠い日を思い返すように言った。

『俺がストラドじゃないと皆が知ったとき、俺は誰も信じられなくなった。皆、俺の価値は変わらないなんて口では言うが、本当はそうは思っていないんじゃないかと思えてならなかった。そんなときに、あんたのことを思い出した。あんた、俺を弾いたとき、ストラドのなんたるかも知らなかっただろう？』

それでも惠理は、弦城をよい楽器だと思った。その音に、心奪われた。

『嬉しかった。少なくともこの世に一人は、俺の名前じゃなく、俺の音を認めて喜んで弾いてくれた人がいるんだと思えた。だから俺は、あんたに弾いてほしい。気に入ってもらえる自信はないいし、怖くて仕方なくもある。それでも……それでも俺は、あんたのための楽器でいたい。わかってくれるか』

惠理はもう、あふれる涙を止められなかった。弦城が心の奥底をさらけ出しているのを悟る。そして、別れのときが近いことも。

でも惠理は唇を噛みしめ、涙をぬぐった。泣いてはいけないんだ。ちゃんと伝えなくては、音楽のように。

「弦城さん」こみ上げる涙と戦い、惠理は暗闇の先にいるはずの弦城を見つめた。

「約束します。私も弦城さんの、そばにいたいです」

一拍の静寂を置いて、それから弦城は静かに息を吐いた。

『そうか』

ありがとう。そう聞こえたような気もした。

けれど次の瞬間には幻のような声はかき消えて、恵理は暗闇にひとり取り残された。

「弦城さん?」

返事はない。もう一度呼びかける。祈るように。

「弦城さん」

あの柔らかな声は、もう返ってこなかった。


犯人グループを追っていた警察は、とうとう彼らのアジトを発見した。日本人と外国人混成のグループは総勢七人、そのうち恵理を襲った三人を含む四人は逮捕されたが、残り三人は取り逃がした。どうも犯人グループは、海外の大きな闇ブローカーの構成員であり、逃げた三人はその本部と連絡をとるためにその場を離れていたらしい。

しかし彼らの盗品のいくつかはまだその場に留まっていた。その中には、バイオリンの『弦城』もあった。

『弦城』は、表板を剝《は》がされ、さらにボディから長く伸びているはずのネックが、切り取られた状態で見つかった。ストラドの真作であった渦巻き部とラベルはなくなっていた。逃げた三人が、一足先に持っていってしまったのだ。

その後も捜査は続けられたが、逃げた三人は捕まらなかった。そして弦城が嘘偽《いつわ》りなくストラディヴァリウスであった部分――渦巻きとラベルも、二度と戻ってこなかった。

三

押収《おうしゅう》された弦城《げんじょう》の部品は、ほどなく警察から返還され、晴樹《はるき》を介してあやしバイオリン工房に帰ってきた。

弦城は、自分の部品が少しでも残っていたのなら、それを大地の手で再びバイオリンに組んでほしいと願っていた。その願いを受けて、中野《なかの》商店は再び楽器を預けてくれたのだ。

「犯人は万が一のときのために、ストラドの真作部分だけ先に持ち逃げしたんでしょうね」

大地《だいち》は、工房の机の上へ並べた弦城の部品の中から、そっと表板を取り上げた。

「持ち逃げされたのは腹立ちますけど、最悪の事態は避けられたんですかね。音に大きく影響する部分は、ほぼ被害を受けなかったんですから」

それは、大地の言うとおりだった。

犯人らは、ストラド由来《ゆらい》の部分以外も再利用するつもりだったのだろう。ラベルを剝《は》がすために強引に開けられたせいで表板の端が割れてしまったものの、楽器の命といえるボディは、他に目立ったダメージは受けていなかった。ラベルも渦巻きも、音には関係ない。組み直せばまた、弦城はかつてと違わず美しく鳴るだろう。最悪の中では最善ともいえる状態で、弦城は戻ってきたのだ。

「見る影もなくばらばらなのも覚悟してましたけど、正直ほっとしました。これならもう一度組み立ててやれる。木材の割れはニカワで補修して、古い木材でネック部分を作り直して継いで、渦巻きを新調して……」

そこまで言って、大地は小さく息をついた。

「戻ってくるといいですね、弦城」

恵理《えり》は答えられなかった。

正直、楽器の『弦城』に関しては、なんの心配もしていない。

バイオリンは修理を重ねて使われる楽器だ。少しのダメージで使いものにならなくなるわけではない。真作のストラドだって、他の有名な楽器だって、ほとんどの楽器はなんらかの修理を施《ほどこ》されて今に残っている。今回の弦城の破損なんて、かわいいものだ。少しひび割れを補修して、どんなオールド楽器でも行われているように、継ぎネックをすればいいだけなのだから。

修理する大地の腕も確かだ。『弦城』は新たな部材を加えられ、再びバイオリンとして蘇《よみがえ》るだろう。

でもそれと、あの弦城が戻ってくるかは別問題だった。

彼はかつて言っていた。自分はヨハンでなく、弦城である、と。つまり精霊である弦城は、あのバイオリンそのものではない。いってみれば彼は、『弦城と呼ばれて愛されたストラディヴァリウス』の魂だったのだ。決してヨハンではなかった。

だから修理で楽器が復活したとしても、それはすなわちあの弦城の復活ではない。弦城が新たな『弦城』を自分と認識しなければ、彼ではない別のなにかが、新たな弦城の意志となるだろう。

彼を苦しめ――同時に最後のよすがでもあっただろうストラド真作由来の部品は、永遠に失われてしまった。いくら音がほぼ変わらないとはいえ、ストラドであった部分がまったく消えてしまった新たな『弦城』を、彼は自分自身と認識してくれるだろうか？

そう考えると、彼はもう、戻ってこないような気がした。

でも。

かといって惠理は諦《あきら》めきれなかった。

なにがバイオリンの価値を決めるのか。なにがバイオリンの本質といえるのか。人によってさまざまな考え方がある。製作者、見た目の美しさ、来歴や由来……。

惠理にとっては、音だった。

『弦城』が何者でも、見た目が損《そこ》なわれても、たとえ贋作《がんさく》であっても、かつての彼の音がすばらしかったのは紛《まご》うことない事実。そして、修理を終えた弦城からいい音がするのも間違いない。惠理が好きだった、心揺らされた、あの深く鮮やかな音が響くだろう。

もし。

もし弦城が惠理と同じく、自分の価値が、自分が自分である意味が、ストラドの名でも美しい見た目でもなく、みなが愛したあの音色だと思ってくれるなら。

弦城は決して本質を失ってしまったわけではないのだと、大地や惠理が変わらず愛《いと》おしく思っているのだと、そう信じてくれるのなら。

もしかしたら彼は、帰ってきてくれるかもしれない。

そうであってほしかった。

大地は早速、弦城の修理に取りかかった。まずは渦巻きを削りだす。彼はこの事態を見越していたのだろう。ほうぼうに手を尽くし、古い楽器に合わせるのによい、古材のメイプルブロックを用意していた。

「そりゃ、ストラディヴァリの作ったものには勝てないかもしれませんけどね。俺は俺のできる限りの、今までで最高の渦巻きを彫りますよ」

彼はそう笑って、工房に籠《こ》もった。

文字通り寝食を削って取り組む大地を、恵理は黙って見守った。弦城が大地を信頼して任《まか》せたことだ。手や口は出せないし、出すつもりもない。

大地は決して、恵理に弱音は吐かない。でも杏奈《あんな》は教えてくれた。本当は大地も、弦城が認めた腕が自分にあるのか、ましてやストラディヴァリに代わるものを作れるのか、不安で仕方ないのだ。それでも彼は道具を取った。大地は大地のやりかたで、弦城と、自分自身と向き合っている。

だから今恵理ができるのは、大地の代わりに食事を作ることくらいだった。もちろん、彼ほどおいしく作れないのはわかりきっているのだが。

夜、久々に最寄《もよ》りのスーパーへ出かけると、街はなんだか浮き立つようだった。それがなぜなのか、すぐに悟る。

七夕《たなばた》だ。

旧暦《きゅうれき》に合わせて三日間行われる仙台《せんだい》の七夕祭り。その最中だった。自分のことに精一杯で気づかなかったが、いつの間にか工房のすぐ目と鼻の先のアーケードは飾りたてられていたらしい。

数メートルはある竹が、専用の小さなマンホールに差しこまれ、緩《ゆる》やかにしなっている。右、左、また右。交互に頭《こうべ》を垂れる青竹にはみな、七夕飾りが施《ほどこ》されていた。伝統的な七つ飾り、街のキャラクターの描かれたボード、そして色とりどりの、大きな吹き流し。折しも夜風が吹き抜ける。葱坊主《ねぎぼうず》のようなくす玉の下に垂れさがった和紙の吹き流しが、一斉にはためき、さらさらと舞い上がった。

それを見て、惠理はふと弦城の言葉を思い出した。

仙台に来たばかりのころだ。仕事終わりに、珍しく弦城は自分のことを話してくれた。そのなかで彼は、仙台の七夕が好きだと口にしたのだ。

「俺は大地のところに来てから、初めて普通の人の暮らしというのを始めた。もちろん俺を見ることができるのは大地と杏奈だけだったし、そもそもただの魂が人の形をとっているだけの俺は決して人ではなかったが、それでもなるべく人のようにしゃべり、本を読み、ものを見るようにした」

せっかくこうやって化《ば》けて出られるようになったんだから、人の気持ちというものを自分の身で感じたかったのだと弦城は言った。今まで自分を弾《ひ》いてきた人間が、なにを考え、なにを喜び、悲しんでいたかが知りたかったのだ、と。

「でもなかなか、人の心なんてわからなかった、実感できなかった。そのうち諦《あきら》めてきてしまってな。所詮《しょせん》俺は人のまねをしてるだけで人ではないんだって。でも七夕のとき、ようやく悟った。あんた、仙台の七夕飾りを見たことがあるか？」

一応、と惠理は答えた。テレビで見たことがあるから、なんとなくは知っている。丸いくす玉から長く吹き流しが垂れているのが、仙台の飾りの特徴だ。確かすべて、和紙できているのではなかったか。

そう、と弦城はうなずいた。

「大地のところに来たばかりのとき、ちょうど七夕の夜にアーケードを通りかかった。祭りの昼間は人混みでひどい有様だが、そのときはちょうど人もまばらで、七夕飾りが通りを抜ける風に揺れていた。淡い色の吹き流しが、まるで音楽みたいに」

弦城の声は、その日を思い出すようだった。

「ああこれは美しいな、と思った。和紙の揺れるさまがすごく好きだ、とも。その瞬間、そうか、これが人の感情か、と俺は初めて理解した。そしてそれは、俺がもともと持っている感情と、そう遠くないものだったんだ」

彼は少し、熱くなっていた。なんとなく気持ちはわかったので、惠理はなるほど、と返したのだが、それでは弦城は不満なようだった。

「あんた、俺の感動がわかっていないな。いいか？　俺はそのとき初めて知った。もし誰かが俺の音が美しいと思ってくれるのなら、きっとその気持ちは、今俺が和紙の吹き流しを美しいと思った感情と根は同じなんだと。それが本当に嬉しかった」

惠理はどう返せばいいかわからなかった。そもそも七夕の吹き流しをじかに見たことがないから、彼がどう感動したのかすらわからなかったのだ。

素直に言って呆《あき》れられるかと思いきや、今度は弦城は、それでいいんだとうなずいた。

「それでいいんだ。人間だから、それでいい。好きという感情は、自分の中で正しければいいんだ。音楽だってそうだ。絶対的なすばらしさなんて、あるようで実はない。誰がなにを言おうと、自分がこれを好きだと思った、その感情を信じていいんだ」

そのときは、機嫌いいな、としか思わなかったけれど。

今なら、弦城が言いたかったことがなんとなくわかる。

惠理はゆっくりと吹き流しに近づき、視線を上げた。さら、と和紙のこすれる音がして、空を自由に、戯《たわむ》れるように、吹き流しが舞っていく。

しばらく、その場に静かにたたずんでいた。

十日以上経《た》ってから、大地はあれ、とテーブルの上の小さな七夕飾りに目を留《と》めた。

「七夕飾り？　かわいいですね」

「もう、結構前から置いてありますよ。七夕祭りの日に、アーケードのお土産屋《みやげや》さんで買ってきたんです。七夕飾りを彰志《あやし》さんと……弦城さんにも見せたかったので」

「あれ、そうでした？　全然気がつかなかった」

そうだろう。それほど大地は弦城の修理に没頭していたのだ。杏奈が無理やり部屋に連れ戻して眠らせてくれなかったら、過労で倒れていたかもしれない。

逆に言えば、今、大地が飾りに気づいたということは、彼のやるべきことは終わったのだった。大地は弦城の修理を終えた。新しい渦巻きを削りだし、同じく新調したネックに継いで古いボディと接合した。表板の割れも丁寧《ていねい》に補修し、元通り横板に接着してある。新しい部材にはもともとの色に似せて調合したニスを塗り、なじませた。

あとは乾くのを待つだけだ。

いや、本当はもう乾いている。工房に横たえられた『弦城』は、恵理の手に取り上げられるのを静かに待っているところだった。

「実は俺」七夕飾りを手に取って、大地は小さく目を細めた。

「最初は嫌いだったんですよね」

「なにがです？」

「あいつ、弦城のことです。いきなり晴樹に押しつけられたんですよ。全然音が出ない変な楽器なんだけど、調整できるか見てくれって。意味わかんなかったですけど、まあ頼まれたんで、とりあえずできる限りの調整はしてみて、でもやっぱだめで——と思ったら、ある晩、急に出てきやがったんですよ、あいつ。このソファで、ひとりで仕事終わりのビールを楽しんでる後ろから、あの声で『おい』ですよ。そんなの、びっくりするじゃないですか、こっちとしては」

「確かに、それは嫌ですね」

　おどけて話す大地に合わせ、恵理も笑って答える。はたから見れば痛々しい二人に見えるかもしれないが、ここまでくると笑うしかない。

「でしょう？　慌《あわ》てて晴樹に電話したら、幽霊か妖怪かが憑《つ》いてるかもなんて今さら言うし、弦城は弦城で、自分はこの楽器の魂なのに妖怪なんて失礼だって怒りだすし、もう散々ですよ。その後もなぜか居座られる羽目になって、あの面倒くさい性格にいちいち付き合わされて、噂が噂を呼んでよくわかんない拝《おが》み屋まがいの仕事まで来るようになっちゃって。そりゃ好きになんてなれないじゃないですか。俺からすると、最初からうまくやってる富沢《とみざわ》さんは奇跡ですよ、ほんと」

「そうですか？　でも私、最初にお会いしたとき、お二人はすごく仲がよさそうだなって思いました。信頼があるっていうか」

それで惠理は、大地に嫉妬《しっと》したのだから。

大地はわざとらしく、苦い顔をしてみせた。

「やだな、そんなふうに見えましたか？　俺としては不本意ですよ」

「またまたそんな。私知ってますよ。弦城さんは、彰志さんの腕をとても評価されてました」

もしかしたら、とふと惠理は思う。

「他の人には見えなかったのに、彰志さんにだけ弦城さんが見えたのは、弦城さんが彰志さんを信頼できる職人だって認めたからなんじゃないですか？」

軽い気持ちで言ったのだが、笑っていた大地は急に神妙な顔をした。

「そう言われると……なんかそんな気もしますね」

惠理も、自分が言ったことが正しいような気がしてきていた。

もちろん、自分たちの側《がわ》にも彼を見るための条件はいくつかあるのだろうが、弦城自身が心を開いてくれなかったら、こちらがどんなに努力しても、彼のことは見えないのかもしれない。

「そうすると」

大地は七夕飾りをテーブルに戻し、惠理にゆっくりと目をやった。

「やっぱり弦城は富沢さんのこと、再会する前から認めていたんですね」

「え?」

「だって富沢さん、弦城が富沢さんに気づく前から弦城が見えてたわけでしょう? たぶん弦城は、あなたを認めてたんですよ。再会する、ずっと前から」

「あ……」

そうか。そうかもしれない。

ふいに胸の奥から熱いものがこみ上げる。

熱さは体中に広がって、惠理を満たしていった。

アーケードを吹き抜ける風に揺れていた七夕飾りが、まぶたの裏に蘇《よみがえ》る。そしてもっと古い記憶——子供のころの記憶が、じわりと心の奥底で溶け出していく。

あの日浴びたスポットライトの眩《まぶ》しさ。後ろに従えたオーケストラの人々の、優しい視線。がんばろうねと笑いかけてくれた指揮者の先生。そして、左手に握った、バイオリンの感触。

ああ、そうだった。

小さな七夕飾りを目に映しながら、立ち上がる。

「彰志さん。私、弾きますね」

あの時、惠理は誰よりも幸せだった。皆と一緒に音楽を作っていくことが、本当に嬉しくて、楽しかった。

やっとそれを、思い出すことができた。

あの気持ちを、また味わいたい。もう一度、弦城と味わってみたい。

「その言葉を待ってましたよ」

大地が工房に横たえられていた『弦城』を渡してくれた。両手で受け取り、小さく弦をはじいてみる。鳴らない楽器だったはずの弦城からは、ぽろぽろとすばらしくよく響くピッチカートの音色がこぼれた。

「あっさり鳴っちゃいましたね」

「そうですね」

それがなにを示すのかはわからない。弦城が心を開いてくれたから音が出るのか、それとも、もうこの楽器が、惠理の知る弦城ではないからなのか。でも今は、そこは考えないでおこうと思った。

もしあの弦城が消えてしまったとしても、この楽器は、これからもずっと生きていく。思いきり鳴らしてあげたかった。それが弦城の願いでもある。

「あの……下手《へた》くそです、私」

「それ、俺に言ってるんです？」

「彰志さんと楽器、どっちにもです。今日だけは目をつむってほしいんです。これからはちゃんと練習しますから」

「そんなの、気にすることないんじゃないですか？」

「そうですけど」

「ま、気にしないような人間は上達しないか。……わかりました、今日は目をつむりますよ。今後の富沢さんに期待を込めて。はい、これ」

大地は弓を差し出した。

「いつか弦城と合わせようと思って用意していた、オールドのいい弓ですよ」

「ありがとうございます」

恵理は受け取って、弓の毛を緩く張った。『弦城』に肩当てをつけ、肩に載《の》せる。大地が心血を注いだ美しい渦巻きが視線の先にある。ストラディヴァリに挑むとの言葉どおりの、会心の出来だった。

チューニングを済ませ、ふと考える。

なに、弾こう。

再出発のきらきら星でもいいけれど、さすがに二十代も後半になってきらきら星はないような気がする。

そうすると。やっぱり、あれしかないだろう。

「彰志さん、ちょっと楽譜お借りしたいんですけど……」

「これですよね？」

わかりきったことのように譜面台《ふめんだい》を差し出される。見ればそこには、恵理が望んだ楽譜がすでに立てかけられていた。

「……はい」

見透かされたのが恥ずかしくなって、恵理は小さく肩をすくめた。

譜面台上に載せられている楽譜は、G線上のアリア。そう、小学五年生のあの日、恵理が弦城と奏《かな》でた曲だ。

「じゃあ、がんばってください。あとは俺、聴衆に徹しますんで」

大地がひらひらと手を振って、ソファに戻っていく。

「あの、本当に私下手です」

目を閉じた。

「はいはい」

「でも、好きですから」

なにが、とは大地は訊《き》かなかった。ただ彼はわかってますと笑うと、ソファにもたれて目を閉じた。

それを合図にするかのように、惠理はゆっくりと弦の上に弓を置いた。左手のポジションを確認する。さすがに最初の音からはずしたら、目も当てられない。

――って、あの時も思ったな。

成長していないと悲しむべきなのか、変わっていないと喜ぶべきなのかはわからないけれど。

頭の中で拍を数え、息を吸った。広げた胸がゆっくりと下がるのに合わせ、弓を弦に触れさせる。すばらしい立ち上がりで音の波が空気を伝わり、艶《つや》やかな音となって現れる。ほれぼれするような音だった。

音程を何度もはずしかけたし、ポジションがわからなくなったところもあったし、音型なんてわりと適当で、贔屓目《ひいきめ》に見てもひどい演奏だったけれど、それでも『弦城』は最初から最後まで、惠理に優しく付き添ってくれた。

そしてアリアは、静かな長音を残して終わりを告げた。残響がふわりと部屋に満ちるなか、ゆっくりとビブラートを止める。

弦城さん。

「あなたは変わらず、いい音ですよ」

静寂《せいじゃく》が満ちる。

返事をしてほしい人の声は、聞こえてこなかった。


そっか。そうだよね。

恵理は唇を噛みしめた。

奇跡なんて、そう簡単には起こらないのだ。わかっていたけれど。

打ちひしがれて、そっと『弦城』を肩から下ろそうとする。けれど恵理は、はたと動きを止めた。かすかに弦が震えた気がしたのだ。

空耳だろうか。でもどうしようもなく胸が騒いで楽器に目を落としたときだった。

柔らかな声が耳を打った。

「恵理」

はっと顔を上げる。

まさか、まさか――。

空気が揺らいだ。さざ波のように誰かの姿が浮かび上がる。

たちまち恵理の顔は、くしゃくしゃになった。

そこには紛うことなく、あの、弦城が立っていた。なつかしい顔に微笑みをたたえて。

「私の知ってる、弦城さん、ですよね」

逸《はや》る心を抑えて、恵理は腕の中のバイオリンを抱きしめ尋ねた。弦城は笑みを深くした。

そしてなにひとつ変わらない声で「もちろんだ」と言った。

「あんたの弦城だよ」

「はい……」

なにも言えなくなって、恵理はただただ目を潤《うる》ませた。

帰ってきてくれた。

由来の証《あかし》を失っても、失わなかったものがある。それを便りに、恵理と紡《つむ》いだ音楽を便りに、弦城は帰ってきてくれた。

音楽への、奏でることへの、そして弦城への好きという気持ちは、確かに伝わったのだ。

「よかった……」

もう我慢はできなかった。涙があとからあとからあふれて頬を濡らす。

「ほんとによかった、帰ってきてくれたんですね」

「心配かけて悪かった」

「そんなのはいいんです、ただ私、嬉しくて」

泣きじゃくる惠理に、弦城は困ったような、どこか照れたような表情をした。

「その、なんだ、俺がいないと、あんたらが寂《さび》しがるかと思ってな」

「馬鹿言え」と大地がすかさず言い返した。

「お前自身が戻ってきたかったんだろうが。ちょっとは素直になって帰ってこいよ」

でもその声も、わずかに震えている。

弦城はやはり少し照れたように、「まあ、そのとおりだ」と認めた。

「俺が戻りたいと思えたのも、実際願ったようになったのも、お前たちが俺という楽器を変わらず愛してくれたおかげだ。感謝してる」

「最初からそう言っとけ。そう思いますよねえ富沢さん」

「ほんとですよ……」

「そりゃ悪いな」と弦城は笑って、惠理にもう一度温かい視線を落とした。

「惠理」

「はい」

「いい音楽だった」

美しく深い声が響く。

恵理は弦城をまっすぐに見つめた。そして、涙に濡れた頬に心からの笑みを浮かべて答えた。

「嬉しいです」

coda

冷たい風が通りを吹き抜けて、恵理《えり》は慌《あわ》ててジャケットの襟《えり》を合わせた。

「うう、寒いですねえ」

「そんな薄着してるからだろ」

「だって、昼に工房を出たときは結構あったかかったんです」

「ちょっとは想像力を働かせろ。見てるこっちが寒くなる」

「弦城《げんじょう》さんに言われたくないですよ！　弦城さんだって、いっつもシャツにベストじゃないですか。そっちのほうがはるかに寒々しいです」

別に、と弦城は呆《あき》れたように言った。

「俺がどういう格好に見せてようが人間じゃないんだから、どうでもいいだろうが。それともなんだ、この格好が気に入らないのか？」

「そういうわけじゃないですけど」

「なるほど、否定しないってことは、気に入ってるんだな」

「そうとも言ってないです！」

いや、恵理だって似合っているとは思っている。正直、ちょっと格好いいな、くらいは思うこともある。でもそんなこと、言ってやるものか。

恵理は肩にかけたバイオリンケースのひもを握りしめ、落ち葉の舞う東二番丁《ひがしにばんちょう》通りを急いだ。

弦城が戻ってきて数カ月。仙台《せんだい》の街はいつの間にか寒さを増し、あんなに青々としていたケヤキも、皆葉を落としてしまった。初雪までもがちらつき、本格的な冬が訪れようとしている。

恵理の生活も、夏までとは少し変わった。弦城と仕事をするのは相変わらずだが、新しいこともいくつか始めたのだ。

まずは大地《だいち》に楽器製作を習い始めた。楽器の買いつけをするにも、調子を見るにも、修理をするにも、楽器を作る経験は大事だからと、大地と相談して始めたのだ。毎日時間を見つけては、少しずつ進めている。大地が言うに、恵理の筋は悪くないそうだ。そう言ってもらえて少し嬉しかった。

変わったふたつ目、それは、大地の知り合いのアマチュアオケに参加するようになったことだった。楽器演奏に長いブランクがあり、オケなんて入ったこともない惠理を、団員は温かく迎えてくれた。おかげで楽しくやれている。今は年明けの演奏会に向け、セカンドバイオリンパートでがんばっているところだ。が、惠理は密《ひそ》かに、その次の演奏会ではファーストバイオリンを弾《ひ》きたいと思っていた。セカンドバイオリンで弾く内声《ないせい》も大好きだけれど、ファーストバイオリンの華やかな高音で、『弦城』の性能を遺憾《いかん》なく発揮させてあげたいのだ。といっても、そのためには惠理がまずがんばって腕を上げなくてはならないのだが。

「まあ道は遠いな」と弦城は淡々と言った。いつの間にかジャケットを羽織っている。一応、配慮してくれたらしい。

「あんたの腕に関しては、俺は長い目で見ることにする」

「すいません、がんばります」と惠理は小さくなった。

実は今もオケの練習の帰りだった。大地が勤務時間に融通《ゆうずう》をきかせてくれて、週一の練習にはかかさず参加させてもらっているのだ。ちなみに今日の練習、自分の出来はいまいちだったように惠理は思っていた。弦城もはっきりとは指摘しないが、同じように感じたのだろう。少し落ちこんでしまう。

しかし弦城は「別に落ちこむ必要はないんだ」と続けた。

「確かにあんた割と下手《へた》で、勘弁してくれと思うこともなくもない。だが、がんばってはいる。最初に比べればだいぶうまくなったしな」

「褒《ほ》めてるんですか、それ……」

「褒めてるに決まっているだろうが。そもそも上手下手なんて、ある意味どうでもいい。あんたにはちゃんと音楽があるよ。だから満足だ」

相変わらずのポーカーフェイスだ。でも恵理は、心が満たされるのを感じた。弦城が恵理の音楽を好いてくれているのはよくわかっている。下手だとか練習しろだとかは言うが、ああ弾けこう弾けとは言わない。恵理の中にある音楽を尊重して、愛してくれている。

恵理が、彼の音を愛しているのと同じように。

そこまで考えて、急に恵理は恥ずかしくなった。いやいや、なに考えてるんだろう私。

「とにかく」と話をまとめにかかる。「練習あるのみですよね。一朝一夕《いっちょういっせき》じゃどんな天才だってうまくなりませんし」

「そりゃそうだ」

「ですよね。弦城さんだって、いまだに笑うの苦手ですし」

弦城はむっとして恵理を見つめた。

「苦手じゃない」

「またまた。いつもぶっきらぼうじゃないですか。あーあ。帰ってきてくれたときはすっごいいい笑顔で、よかったのになあ」

「そんなほいほい笑ってたまるか。それより」と弦城はすっかり日の落ちたあたりを見渡した。「時間は大丈夫なのか。そろそろだろ。大地が待ってるんじゃないか」

「そうでした」

恵理は、慌てて時計を確認する。時刻は六時前。確かにそろそろだ。

「ちょっとだけ急ぎましょうか」

そうすれば、ちょうどいい時間に定禅寺通《じょうぜんじどお》りの前で落ち合えるだろう。

定禅寺通りに着くと、すでにびっくりするほどの人混みだった。あふれる人の波を、バイオリンケースを握りしめてかき分けて歩く。ほんとうに、人また人だ。広い左右の歩道にも、片側三車線ずつある車道を分ける遊歩道にも、人がみっちりつまっている。みな期待に満ちた目で、ケヤキ並木を見上げていた。

「あ、富沢《とみざわ》さん！　こっちですよ！」

声を頼りに、ようやく大地と合流できた。

「すいません、お待たせしました」

「いえいえ、俺も今来たところですから」

「店はもう閉めたのか？」

もちろん、ばっちり、と大地は弦城に答えた。それから隣の勾当台《こうとうだい》公園に出ている屋台で買ってきてくれたのだろう、ホットワインを恵理に渡してくれた。

「わあ、ありがとうございます！　嬉しいです、さすが彰志《あやし》さん」

寒かったから喜んで受け取ると、いえいえ、と大地は弦城を見てにやにやとした。

「俺にお礼はいりませんよ。なんていっても、こいつが出かける前に頼んでいきやがったんですからね。夜はもう寒いから、なんか体を温めるものでも――」

「おい、黙ってろ大地」

弦城に睨《にら》まれて、大地は口をつぐんだ。でも顔は笑ったままで、恵理に向かっておおげさに肩をすくめる。仕方ない奴ですよと言いたげで、恵理も笑った。

「ありがとうございます、弦城さん」

「俺は関係ない」

「じゃあ、そういうことにしときますけど」

素直じゃない、優しいバイオリンのために。

ひと口飲むと、シナモンと葡萄《ぶどう》が入り交じった香りが漂い、優しく体を温めた。それから三人して、黒々としたケヤキを見上げる。

「そろそろ、ですか？」

「そろそろですね」

大地が言った瞬間だった。黒く広がる裸の枝が、ちかと瞬《またた》く。と思うやいなや、一斉にケヤキ並木に光が灯《とも》った。幾千、幾万の光の葉が、通りをどこまでも照らす。そこかしこから歓声があがった。

「すごい」恵理も瞳を輝かせる。「すごいきれい、きれいですね、ねえ、弦城さん」

はしゃいで言えば、弦城はどこか情けなくも見える顔で恵理を見返した。しかしすぐに口の端を引きしめて、「そうだな」と答えた。

「あんたも気に入ったなら、よかったよ」

「かっこつけんなお前。でもほんと、気に入ってくれてよかったですよ」大地の声も弾《はず》んでいた。「きれいでしょ、ページェント」

はい、と恵理は大きくうなずいた。七夕《たなばた》と並ぶ、仙台の大きな催《もよお》しである光のページェント。その点灯の瞬間に、大地と弦城は誘ってくれた。絶対に感動するから、と。

言うとおりだった。

「ほんと、きれい……」

恵理は、永遠に続くかとも思える光のトンネルに目を細めた。なんだか泣きたい気持ちになってくる。

「おい、どうしたんだ」

弦城の声に、いいえ、と目の端をぬぐった。

「この光ひとつひとつが、私たち一人一人みたいだなって思えて、感動しちゃって」

小さな光が集まって、どこまでも続くケヤキ並木を照らす。見上げる人々を照らす。

「なんていうんだろう、魂の輝きみたいじゃないですか」

馬鹿にされるかと思ったが、「そうだな」と言った弦城の声はひどく優しかった。

「今までここに生きてきた人々、俺たち、これから生きる人々。みなの魂の光だ」

「格好いいこと言うなあ、おい」

ちゃかす大地の声も、やはり優しい。

ああ、と惠理は胸を押さえた。心の底から思う。私、ここに来てよかった。この人たちに出会えてよかった。

弦城の淡い色の瞳の奥に、惠理の姿が映っている。幸せそうな顔をしている、と惠理は思った。思ったら、自然に言葉が口をついた。

「弦城さん」

「どうした」

「これからもよろしくおねがいします」

笑いかけた惠理に、「なんだ、急だな」と弦城はいつもどおりの表情で返した。でもすぐに、その頰を優しく緩《ゆる》めた。

「よろしく、俺の相棒」

輝く並木が、人々を照らし続けていた。

了

【参考文献】

『バイオリンの至宝　ストラディバリの謎に挑む』　宮坂力　Andreas Preuss（化学同人社）化学　Vol.65 No.8(2010)
『最上の音を引き出す弦楽器マイスターのメンテナンス』　園田信博　（誠文堂新光社）
『バイオリン製作　今と昔　第Ⅰ部』　ヘロン・アレン　（文京楽器製作株式会社）
『バイオリン製作　今と昔　第Ⅱ部』　ヘロン・アレン　（文京楽器製作株式会社）
『CDでわかるヴァイオリンの名器と名曲』　田中千香士　（ナツメ社）

※この作品はフィクションです。実在の人物・団体・事件などにはいっさい関係ありません。

集英社オレンジ文庫をお買い上げいただき、ありがとうございます。
ご意見・ご感想をお待ちしております。

● あて先
〒101-8050　東京都千代田区一ツ橋2-5-10
集英社オレンジ文庫編集部 気付
奥乃桜子先生

集英社
オレンジ文庫

あやしバイオリン工房へようこそ

2018年1月24日　第1刷発行

著　者　奥乃桜子
発行者　北畠輝幸
発行所　株式会社集英社
〒101-8050東京都千代田区一ツ橋2-5-10
電話【編集部】03-3230-6352
【読者係】03-3230-6080
【販売部】03-3230-6393（書店専用）
印刷所　凸版印刷株式会社

※定価はカバーに表示してあります

ISBN 978-4-08-680172-0 C0193